한 개의 머리가 있는 방

트리플

한 개의 머리가 있는 방

26

단요 소설

TRIPLE

차례

007 한 개의 머리가 있는 방

039 제발!

079 Called or Uncalled

155 에세이 토끼-오리가 있는 테마파크

180 해설 유행하는 허구들과 전복의 (불)가능성 — 이성민

한 개의 머리가 있는 방

"건록."

"응……."

"뭐라고 사과하든 넌 끔찍한 놈이야. 난 평생 널 그렇게 생각할 거야."

서장경은 한 달 반 만에 깨어나더니 이렇게 말했다. 나는 받아들였다.

*

나는, 한때 성공적인 사업가였고 지금은 통 속

의 뇌인 건록은 물리적으로 닌세이 특수 병원의 3층 병동에 놓여 있다. 원한다면 나를 목향이라고 불러도 좋다. 지난 십 년간은 일평균 다섯 시간 동안 녀석의 몸을 빌려 살았기 때문이다. 나머지 시간은 통에 갇힌 채로 영화를 보거나, 보고서를 읽고 시덥잖은 결정을 내리거나, 회사 곳곳에 설치된 보안 카메라로 임직원들을 감시하는 데에 쓴다. 출근하지 않더라도 나는 기업 그 자체다. 육신의 소멸을 두려워하던 과거인들이여, 경탄하라. 죽음이야말로 해방이자 도약인 시대가 도래했으니.

물론 이런 삶이 항상 만족스러운 것만은 아니다. 의사와 변호사 앞에서 IQ 테스트에 응하며 내가 정신적으로 명료하다는 사실을 주기적으로 증명하는 절차는, 일종의 고문이다. 법으로 강제되는 사안이니 따를 수밖에 없지만, 공간 퍼즐을 푼답시고 존재하지도 않는 나무토막을 머릿속에서 돌리다 보면 저 자식들에게도 똑같은 일을 시키고 싶어진다. 건강하다는 이유만으로 지성의 존재를 확언할 수 있단 말인가? 지금 내 앞에 있는 이 자식만 해도…….

—회장님, 제 말이 들리십니까?

—*Y.*

—올해 주총은 3월 23일입니다. 기계 몸으로 직접 등장하실 게 아니라면 그 전에 대리인 선임을 마치셔야 해요. 지금 분위기로는 대리인 선임이 나아 보이긴 합니다.

—서장경한테 맡겨. 그나저나 예전에 차펠리조드 교회에 간 적이 있었는데…….

—예, 차펠리조드 교회요.

변호사가 공손한 태도로 그 낱말을 되풀이했고, 나는 원하지 않은 답변에 기분이 나빠졌다. 식물인간의 의사소통을 돕는 뇌-출력 인터페이스는 잡음마저 예리하게 포착하는 고기능 마이크와 비슷하다. 잠시라도 주의를 놓치면 전달할 의도가 없었던 생각마저 줄줄 새어 나가는 것이다.

—관음증이라도 있어? 뭘 보고 있는 거야?

—아니, 화면에 뜨는 걸 제가 어떡합니까?

변호사는 억울한 표정으로 쓸데없는 소리를 늘어놓다가 병실을 떠났다. 곧이어 문간에 설치된 음성 센서가 투덜거리는 소리를 감지했다.

—저 인간은 술도 못 마시는데 항상 취한 것 같군. 음주 운전이 취미라서 그런가. 그래, 음주 운전이

취미라서……. 세상엔 확실히 천벌이라는 게 있는 모양이지…….

돈깨나 받고 일하는 놈이 돌아서기만 하면 저딴 소리를 지껄이니까 나한테 푸대접을 받는 것이다. 무엇보다도 나는 음주 운전에 대해서만큼은 완벽히 무죄다. 가드레일을 들이받고 8차선 도로 중앙에 나동그라진 나를 수습하러 온 건 교통경찰이 아니라 한 무리의 구급대원이었으니까.

의사들이 내 목의 신경이 모두 끊어졌으며 의식도 찾을 수 없을 것이라 결론 내렸을 때, 알코올은 혈관에서 사라진 지 오래였다. 덕분에 나는 6개월간의 면허 정지 대신 십 년 이상의 인생 정지를 겪고 있다. 거실 소파에 드러누워 대형 홀로비드 영화를 보는 시간, 친한 사람들과 함께하는 즐거움, 진짜 음식을 먹을 때의 기쁨. 모두 멈췄다. 계속되는 것은 전기 자극으로 이루어진 소우주뿐이다.

물론 소우주 바깥에는 아직 35퍼센트의 회사 지분과 제약사 회장 직함이 남아 있다. 주주총회가 한 달 남은 시점에, 사내 변호사와 이사들은 분리술을 실시하기로 결단했다. 식물인간의 목을 잘라내 생명유지장치에 걸어놓은 다음 뇌에 통신 칩을 삽입하는 것이다. 그러면 외부 자극은 느끼지 못해도 전기 신호에는 얼마든지 반응할 수 있다. 보통은 중범죄자나 사회 부적응자에게나 쓰는 방법이다. 영혼의 감옥이라고나 할까.

그게 교도소 운영비 감축에 큰 도움이 된다는 건 부정할 생각이 없지만, 당사자가 되는 건 다른 이야기였다. 낯선 목소리가 막막한 어둠을 뚫고 들어왔을 때, 내가 정말이지 오랜 시간 동안 그 어둠에 갇혀 있었음을 깨달았을 때 어찌나 놀랐는지 모른다.

—*젠장, 내 목을 잘랐다고? 난 동의한 적이 없는데.*

—우리가 동의했어요. 식물인간이 동의할 수는 없지 않습니까. 어차피 일반적인 치료로는 깨어날 가망이 없었습니다.

—*미친놈들. 내 몸은? 내 몸은 어떻게 됐어?*

—소각했습니다. 의료법상 소생 가능한 상태의 시체가 아니고서야 냉동인간 보존은 불가능해요. 그리고 의료 용도로 인준받지 않은 인체를 2주 이상 냉동 보관하는 것도 불법입니다.

그 소식을 처음 들었을 때, 나는 경영권이 찬탈

당할 가능성을 진지하게 염려했다. 몸을 아예 태워버린다는 결정에는, 내게서 현실로 기어나올 방법을 빼앗겠다는 의도가 다분해 보였다.

그러나 다행히도 반란은 없었고, 나는 의식으로만 존재하는 삶을 받아들였다. 의외로 나쁘지 않았다. 영화를 떠올리기만 하면 방송사 채널이 눈앞에 펼쳐진다. 보고서를 그대로 머릿속에 내려받거나 회의실 빔프로젝터를 통해 등장함으로써(물론 아바타는 생전의 모습을 쓴다) 회의를 주재할 수도 있다. 로봇 몸을 빌려 타고 세상 구경을 하는 것 또한 가능하다. 초연결 세계에 완벽히 적응한 신인류라고나 할까.

그런데 기술이 아무리 발전하더라도 인간은 결국 동물인 모양이다. 내가 진정한 삶에 굶주리게 된 걸 보면. 두근거리는 심장이나, 싱그러운 풀냄새나, 간지러운 햇살 따위가 참을 수 없이 그리울 때가 있었다. 전기적 자극이 불러오는 환상으로도 대신할 수 없는, 진짜에 대한 갈망. 몸을 돌려달라며 몇 차례 난동을 부리자 회사는 내 뇌를 재단의 후원을 받는 고아 소년과 연결시켜주었다. 그 소년이 바로 목향이다.

기능 사용법은 다른 콘텐츠와 같다. 뇌-출력 인

터페이스의 채널 목록에서 목향을 선택하는 것이다. 그러면 목향과 시야를 공유하는 건 물론이고 피의 흐름마저 똑같이 느끼게 된다. 다만 생각만큼은 들여다볼 수 없어서 서로 대화를 나누려면 목향이 허공에 대고 중얼거릴 필요가 있긴 하다. 그래도 이상한 꼬락서니는 모두 녀석의 몫이니 내 알 바가 아니다. 내 알 바가 아니어야 하는데…….

시간은 새벽 다섯 시. 새로 나온 〈맥베스〉 영화 감상을 마치고 채널을 전환했더니 사람이 죽어 있었다. 장소는 목향의 아파트 안방이고, 죽어 나자빠진 사람은 녀석의 상급학교 동기였다. 머리 한구석이 함몰된 걸 보니 둔기로 얻어맞은 듯했다. 그 와중 목향은 태연한 목소리로 하느님을 찾는 중이었다.

—하느님.

지워져라, 지워져, 저주받을 핏자국이여.

나는 눈앞의 시체를 바라보며(정확히는, 목향의 시야를 통해 보며) 냉소적으로 〈맥베스〉의 독백 한 구절을 인용했다. 그리고 소통 모드로 설정을 바꿨다.

—설명부터 해.

—아, 드디어 오셨네요. 계속 기다렸어요.

살짝 웃은 목향은 천천히 고개를 들어 올리더니 상급학교 시절 동기를 만난 일로 운을 뗐다. 긴긴 토로를 정리하자면 이 자식이 당신을 욕하기에, 신이란 건 조현병 증상일 뿐이라며 헛소리를 늘어놓기에 죽였다는 이야기가 됐다. 뇌 자체에는 통증을 느낄 말초신경이 없는데도 찌릿한 고통이 머리 어딘가를 찔러왔다.

어쩌다 이렇게 됐지?

일차적인 원인을 지목하자면 통신 칩의 보안 결함이 문제였다. 통상적인 뇌 연결술은 일방적인 관람만이 전제되어 있다. 통신망 너머의 누군가가 수시로 머릿속에 말을 걸어온다면 생체리듬은 물론이고 정신 건강마저 망가질 테니까. 그러니까 소통 모드가 갑자기 개방된 건 뜻밖의 상황이었다. 목향에게도, 나에게도. 나는 예상치 못한 버그에 놀라워하다가 녀석을 좀 놀려먹기로 마음먹었고, 신 흉내를 내기 시작했다. 그건 분명히 장난이었다. 하지만 목향은 농담을 진담으로 믿을 만큼 순진한 녀석이라서…….

하지만?

하지만 이건 내 잘못이 아니다.

아니어야만 한다.

*

직접적으로든 간접적으로든, 살인을 명령한 게 내가 아니라는 증거가 필요했다. 가만히 있으라고 일러 둔 다음 기록을 살펴보니 지금껏 오간 대화가 텍스트파일로 남아 있었다. 천박한 농담과 현명하진 않아도 유용한 조언이 마구잡이로 뒤섞인, 수십억 줄가량의 로그다. 생체 정보 로그도 있었다. 나는 해당 파일을 저장소에 옮기고 백업까지 마친 뒤 시간을 확인했다. 아침 아홉 시 반. 서장경은 회사에 있을 시간이었다.

급한 일 생김. 최대한 빨리 올 것.

그 메시지로 서두를 뗀 나는 사건의 내막을 모두 밝혀야 할지 잠깐 고민했다. 자세한 사정은 면 대 면으로 털어놓는 편이 나으리라는 계산이 섰다. 메일이나 메신저로 이 로그를 보냈다가는 해커에게 협박을 들을 가능성이 있었고(나는 내 회사가 운영하는 것을 포함해서, 각종 통신 서버들의 보안 수준을 결코 믿지 않는다. 뇌를 해킹당할 위험에 처해보면 편집증적인 불신에 사로잡힐 수밖에 없다), 단순 언급조차 위험했다. 그래서 그냥 구형 메모리스틱을 가져오라고 시켰다. 커다란 텍스트파일을 담기에 충분한 크기로. 그리고 더는 설명하지 않았다.

그게 문제였는지 서장경은 점심시간이 한참 지나서야 왔다. 목향이 신경증적으로 안방과 거실을 오가던 끝에 겨우 곯아떨어진 참이었다.

—요즘은 최대한 빨리가 할 거 다 하고 식사까지 마친 다음인가 봐.

—불러서 헛소리나 늘어놓은 게 한두 번이어야지. 커다란 텍스트파일이라니, 대하소설이라도 썼나?

—소설보다 더 거창한 거지. 이번엔 헛소리 아니니까 들어보라고.

설명을 모두 들은 서장경이 처음으로 내뱉은 말은 이랬다.

—좀 빨리 부르지.

—아니, 늦게 온 건 너잖아.

—바쁘다니깐. 일이 많아.

—어차피 일이라 봐야 사람 만나고 다니는 건데, 이것도 일이지. 기업 가치를 위해 최대주주께서 대리인과 접견 좀 하겠다는데.

—기업 가치 제고를 위해 35퍼센트 모두 소각하는 건 어떻소. 주주들이 좋아서 미칠걸.

—별 해괴한 소리를. 중요한 얘기나 하자고. 이거 법적으로 무슨 문제 있나? 있긴 하겠지?

—댁이 그 녀석한테 뭐라고 말했는지가 관건일 것 같은데. 자료나 좀 봅시다.

—메모리스틱 꽂으면 바로 옮겨주지. 뇌 연결술 관련 서류야 그쪽에 다 있을 테고.

타인의 뇌에 칩을 꽂아서 그 삶을 들여다본다는 발상은 사람들을 매혹시키는 동시에 고전적인 공포로 몰아넣었다. 저 반대편의 남정南庭 정부가 감시와 감청으로 우리를 지배한다! 그렇게 외칠 음모론자들을 막기 위해 뇌 연결술은 엄격한 절차를 동반했다. 수백 장 분량의 계약서, 이틀에 걸친 심리검사, 완벽히 자유롭고 독립적인 판단으로 이 수술에 동의했다는 진술서. 적어도 나는 그 모든 과정을 거쳤다. 목향은? 지금 스물셋이니 당시에는 열셋이었을 테다. 자기 생각을 충분히 말할 수 있는 나이고, 보호자 동의만 있다면 얼마든지 법적인 효력이 있는 문서를 작성할 수 있다. 비록 그 진술서가 대필된 것이고 계약서에 서명한 건 서장경일지라도, 법적으로는 그렇다.

패널에 생각이 새어 나간 모양인지 서장경이 지적했다.

—아니, 지금 법적 동의가 문제가 아니라니까. 사람이 죽은 판에 현실감각이 아예 없으시구만.

—얘가 나를 그렇게 진지하게 믿을 줄은 몰랐다고. 게다가 누구 죽일 것처럼 생기진 않았잖아.

—평소엔 낌새가 전혀 없었고?

—그냥 날 좋아하나 보다 했지. 그럴 만도 한 게, 녀석 대학교 합격시켜준 게 나인 거 알잖아. 문제를 하도 못 풀길래 그냥 답을 알려줬다니까. 힘들어할 때 말 상대도 좀 해주고. 아무튼 날 많이 좋아하긴 했어.

—가지가지 하셨구만. 사이비 교주 노릇에 입시 부정에. 혹시 내부자거래도 있나?

—아, 그렇지. 합병 공시 뜨기 전에 주식 좀 사라고 말해준 적은 있다만.

—맙소사.

서장경은 고개를 설레설레 내젓더니 패널 맞은편에 놓인 의자에 주저앉았다. 나는 천천히 카메라를 돌려 그의 얼굴을 살폈다. 사람을 들여다보는 듯한 회색 눈동자가 부릅뜬 눈을 뚫고 올라가 눈썹에 맞붙듯 했고, 그 아래에는 흰 테가 슬쩍 비치고 있었다. 무리한 부탁을 들을 때면 서장경의 얼굴에는 어김없이 그 표정이 나타났다. 아마 옥상에 섰을 때도…….

기억을 되짚어가던 나는 생각이 흘러나가는 중임을 깨닫고 멈췄다. 서장경이 허탈한 듯 웃었다.

—일단 내버려둡시다. 경찰이야 알아서 찾아올 테고, 그다음부터는 그 애 소관이지. 어차피 정신병 가지고 건수 잡으면 당신이 살인 자체에 엮일 일은 없을 거야. 석연찮은 부분이야 돈만 좀 찔러주면 묻을 수 있겠지. 그리고 이건 보고할 테니 그렇게 알아. 의견 모이면 바로 연락할 테니까…….

—누구한테?

—누가 됐든 간에.

일어선 서장경은 나를 한참이나 내려다보고만 있었다. 나는 괜스레 시비를 걸었다.

—회장 직함 빼앗을 명분도 생겼고, 좋으시겠어. 꼴 보기 싫은 놈 만나러 올 필요도 없고 말이야.

—글쎄, 꼭 그렇지만은 않아. 일이 어찌 되건 가끔 면회는 오려 해. 그리고 애당초 당신이 순순히 포기

할 사람인가.

—의외인데. 이번엔 화낼 거라고 생각했거든.

—난 그 개같은 습성 다 알고 당신 옆에 있는 거야.

서장경은 갔다. 나는 채널을 바꿨다. 목향은 여전히 자고 있었다.

*

목향은 달리는 중이다. 장소는 고아원과 사립학교의 정경이 콜라주처럼 뒤섞인 어딘가. 행인들의 얼굴은 사포로 갈아낸 듯 미끈한데 코도 입도 없는 살갗 위로 무표정한 눈동자 한 쌍만이 차체에 붙인 장식용 스티커처럼 무감한 시선을 발하고 있다. 그들의 표정만큼이나 서먹한 잿빛 하늘. 마치 마분지를 잘라 붙인 듯한…… 마분지가 기울어진다. 풍경이 납작해지면서 너른 운동장과 고풍스러운 종탑과 융단을 닮은 구름이 한 평면에 들어선다. 목향은 점차 비좁아지고 얄팍해지는 세계로부터 달아난다. 절박하게 내달려 옥상 난간에 한쪽 다리를 걸친다.

신의 목소리는 도화지 바깥에서 온다.

—슬슬 *재밌어지려는데 벌써 포기하는 거야?*

*

회사 재단은 사회 환원 명목으로 고아원을 운영했다. 순순히 뇌에 칩을 박아 넣을 아이들이 우글거리는 곳이었다. 원장은 자기가 무슨 수술을 받는지도 물어보지 않을 만큼 고분고분한 아이를 골라 보냈다. 그게 바로 목향이었다. 덕분에 목향은 기업 장학생 자격으로 사립학교에 진학한 다음 그럴듯한 대학에 다니고 있었다. 졸업한 다음엔 곧바로 제약회사에 입사할 예정이고…….

무미건조한 사실들은 이따금 그 자체로 거짓말이 된다. 목향은 우울증과 공황장애 약을 달고 다녔고 자살 시도는 열 번이 넘었다. 그중 반쯤은 내가 서장경을 호출하지 않았다면 완벽하게 성공했을 것이다. 사립학교의 도련님들이 조금이나마 너그러웠더라면, 내가 녀석의 머릿속에 속삭이기만 하는 대신 어떻게든 끼어들었더라면 뭔가 달라졌을까? 돈이나 좀 쥐여주고 삶을 즐기라고 했다면? 혹은 애초에 뇌 연결을 하지 않았다면?

마지못한 인정일 때도 있었고 순전한 후회일 때도 있었지만 결론은 항상 같았다. 목향은 지금보다 행복해질 수 있었다. 하지만…….

하지만, 으로 시작되는 질책과 변명이 원의 맞닿는 두 호를 이룬 채 머릿속에서 공회전했다. 후회와 자기혐오는 오만을 닮은 변명이 되었고, 공포로 바뀌었다가, 죄책감과 분노와 다른 모든 감정이 되어 길게 늘어졌다. 사이사이에는 까마득한 침묵이 검은 띠를 이루고 있었다. 나는 문득 이 방출 스펙트럼이 어떤 원소를 가리키는지 궁금해졌다. 원소라고…… 나는 아직도 이 상황을 지독한 농담으로만 느끼고 있는 것이다…….

화면을 모두 닫았다. 어둠이 있었다.

*

잠에서 깨어난 목향은 현대사회에는 신성모독의 자유가 있으며 그것은 죽을죄가 아니라는 강변을 순순히 받아들였다. 곧바로 자수하겠다고 했다. 고분고분한 태도와 별개로 녀석은 약간 맛이 가 있었다. 하느님, 개 말대로 하느님은 제 정신병일지도 몰라요. 우울증에 공황장애까지 있는데, 항상 그랬는데 조현병쯤 생길 수도 있죠. 아니면 다른 누군가일 수도 있고요. 그래도 하느님이 뭐든 간에 후회는 안 해요. 전 할 수 있는 일을 했어요. 앞으로도 말 걸어주실 거죠?

나는 그러겠다 답했고, 목향은 경찰을 불렀다.

목향은 경찰에게 방에 뉘인 시체를 보여준 다음 천연덕스럽게 거짓말을 늘어놓았다. 예전에 저를 괴롭혔던 녀석인데, 친한 척을 하기에 데려와서 죽였어요. 그게 다예요.

학교폭력의 피해자가 시간이 흘러 원한을 갚았다. 흔한 데다 그럴듯한 이야기였다. 여기에 뇌 연결술을 엮고 그 뒤의 하느님을 찾아내려는 수사관은 없을 것이다. 목향에게 삽입된 칩은 소통 기능이 제한된 물건이니까. 버그로 인해 통신 채널이 뚫렸을 뿐이니 서류상으로는 완전히 무혐의다. 내가 목향을 조종했다는 물증이 없거니와 심증은 더더욱 없는 셈이다. 상황을 파악했으면서도 왜 신고하지 않았느냐는 질문이 들어올 수도 있겠지만, 너무 당황해서 미적거렸다고 하면 그만이다.

하지만 이래선 안 된다는 생각이 계속 들었다.

—*내가 문제였던 것 같긴 해. 처음부터 생각을 잘못했던 거야.*

—그걸 지금 아셨나?

—*알았으면 이 꼴이 났겠어?*

—사람 인생은 영화가 아니라니까.

—*그나저나 사람들이 뭐래. 연락이 없던데.*

—일 흘러가는 거 보니 무난하게 해결될 것 같아. 굳이 우리가 묻지 않아도 칩 제작사 측에서 손을 쓰려나 봐. 뇌 연결술에 쓰인 칩 말이야.

—*칩 제작사?*

—알잖아, 어쨌든 그 녀석은 주변인들한테 목소리 이야기를 종종 했어. 블로그에도 가끔 썼고. 그게 죄다 정황증거란 말이지. 두 가지 해석이 가능할 거요. 하나는 뇌 연결술용 칩의 부작용으로 정신증이 발생한다는 것. 다른 하나는 그 칩에 버그가 발생할 수 있다는 것. 둘 다 제조사한테는 피하고 싶은 상황이지. 우리야 식물인간 한 명 뒷방으로 쫓아내면 그만이지만 저쪽은 주력 제품 매출에 타격이 생길 판이라고. 최선을 다해

서 덮으려 하겠지.

—아니, 그걸 물어본 게 아니잖아. 인간 대 인간으로 사람들이 어떻게 반응했느냔 말이야. 신경이 쓰이니까 이러는 거야.

—이런 사고를 친 주제에 지금 그게 중요한가? 누누이 말하는데, 댁은 정신머리라는 게 하나도 없어. 처음부터 잘할 것이지 생각 없이 일을 벌이다가 문제가 터지면 그제서야 사람인 척을 한다니까. 학교 다닐 때 기억은 하시나? 나를 옥상에서 밀어버린 거?

서장경이 실실 웃었다.

—나도 댁이 문제가 있는 건 알아. 굉장히 잘 알지. 그런데 아무리 머리에 문제가 있다 해도 나이가 들면 배우는 게 있어야지, 어떻게 그 나이에도 열다섯 살짜리처럼 처신을 하고 다니냔 말이야. 사람이 발전이라는 게 있어야 할 거 아뇨.

—미안해.

—사과하지 말라고 내가 몇 번을 말하나. 지겹다니까.

구두 소리가 말줄임표처럼 정적 위에 찍혔다. 나는 서장경이 한 모퉁이에서 다른 모퉁이로 그리고 내 머리통 앞으로 걸음을 옮길 때까지 침묵을 지켰다.

—건록, 내가 당신이랑 연을 안 끊은 이유가 뭔지 알아?

나는 카메라를 움직여 서장경의 얼굴을 바라보는 것으로 답을 대신했다.

—어떻게든 수습한답시고, 책임을 지겠답시고 쩔쩔매던 게 가소로워서 그래. 사람은 그런 짓을 하려면 다시는 안 볼 작정으로 한단 말이야. 아무리 철이 없는 아이라도 보통은 그렇지. 그런데 당신은.

*

목향이 임시 수용소에서 며칠간 지내며 정식 심문을 준비하는 동안, 나는 서장경에게 개인적으로 연락하지 않았고 그 역도 마찬가지였다. 여타 관계자들과의 대화 또한 사무적인 수준을 벗어나지 않았다. 차라리 마음이 편했다. 묵상에 어울리는 환경이기도 했다. 나는 목향이 심문을 기다리기 위해 대기실로 나올 때까지 생각을 거듭하고 있었다.

목향이 나지막이 불렀다.

—하느님.

—*왜*.

경무청 특유의 회색 벽 한가운데에 인포그래픽한 점이 덩그러니 걸린 게 보였다. 필요 이상으로 귀여운 마스코트가 형형색색의 말풍선을 띄우고 있었다.

즉결심판 절차는 어떻게 되나요?

죄질에 따라 분리형 혹은 감호형, 또는 각종 경형을 받게 됩니다. 필요에 따라 용의자는 판결이 내려지기 전까지 임시 수용소에 구금될 수 있으며…….

시선이 한동안 말풍선에 머무르더니 예상을 벗어나지 않는 질문이 날아들었다.

—분리형자들은 어떤 기분일까요? 수사관님 말씀으로는 그렇게 될 확률이 높대요.

긴 시간에 걸쳐 학대를 당했다거나, 심신 미약 상태였다거나 하는 이유로 감형을 받을 수 있었던 시대가 있었다. 오래전의 일이다. 동정론이니 사회의 책임이니 하는 개념은 잊힌 지 오래고 생산성이 부족한 범죄자들은 그냥 목이 잘린다. 목이 잘려서 거대한 납골

당에 보관된다. 그것도 1주짜리 즉결심판을 통해. 그들은 그곳에서 어둠을 바라보거나 국책 연구소로 팔려나가거나 가상 현실 기술을 위한 실험체로 쓰일 것이다. 목향 또한.

—그냥 어두운 방에 있는 거야. 움직일 수도 없고 소리 지를 수도 없고 들리는 것도 없는 방 말이야. 그게 다야. 가끔 관리자들이 말을 걸긴 하겠네. 살아 있나 확인은 해야 하니까. 죽었으면 폐기하고.

—잘 아시네요.

—하느님이라면 뭐든 알아야지.

구원의 껍데기만을 맴도는 신일지라도, 그 신은 성도가 자살을 시도할 때마다 사람을 보냈다. 시험 문제를 풀어주기도 했다. 그러니 분리형을 설명해주는 것쯤은 사소한 은총이다. 며칠만 지나면 성스러운 허울도 모두 옛이야기가 되겠지만. 분리형을 진행하기 전에 의사들은 목향의 의료 기록지를 점검할 것이고, 목향은 자신이 받은 수술의 정체를 알게 될 것이다. 지금껏 신으로 섬겼던 게 빙퉁그러진 제약사 회장에 불과했음을 깨달을 것이다.

물론 내게는 신이 아니라 인간으로서 누릴 만한

권능도 있었다. 나는 제약사 회장의 권능을 점검해보았다. 의사에게 돈을 먹여서 목향이 진실을 모른 채로 죽게끔 내버려두기. 정부 관계자에게 돈을 먹여서 목향의 뇌를 빼돌리기. 즉결심판에 따른 분리형을 감내하는 대신, 비싼 변호사를 고용해서 정식재판에 도전하기(정식재판은 즉결심판에 비해 형량이 낮다. 변호사를 고용할 수 있다는 것은 돈깨나 있다는 의미이자 어엿한 시민이라는 뜻이기 때문이다). (이런 젠장) 기타 등등. 혹은 내 죄를 인정하기.

—그래, 그렇지…….

—그렇다뇨?

무심코 생각이 새어 나간 모양이었다. 나는 마음을 굳혔다.

—네가 살인자가 된 건 나 때문이잖아. 그러면 내가 어떻게 해야 할까?

목향은 살짝 웃었다.

—어떻게 해주실 필요 없어요. 애초에 제가 저지른 일이고요. 그러니까 분리형도 좋을 것 같아요.

—아니, 넌 살아야지. 잘못은 내가 한 거야.

—저한텐 삶이 필요 없어요. 아홉 번이나 주셨으니 누구 잘못이건 간에 열 번째는 그냥 내버려두셔요.

아홉 번은 내가 죽어가는 목향을 위해 사람을 부른 횟수다. 옥상에서 뛰어내리려던 녀석에게 처음으로 말을 건넨 날을 더하면, 도합 열 번이다. 이미, 충분히, 열 번. 나는 목향을 살릴 때마다 이렇게 물었다.

—슬슬 재밌어지려는데 벌써 포기하는 거야?

솔직히 인정하건대, 나는 목향이 괴로워하면서도 노력하는 모습을 구경하는 게 즐거웠다. 목소리를 통해 노력의 방향을 조정할 수 있게 된 다음부터는 정말로 재미있었다. 목향을 싫어한 건 아니고 오히려 그 반대였지만, 녀석을 향한 애호는 매혹적일 만큼 우울한 성장영화를 볼 때의 감정과 비슷했던 것 같다. 그래서 나는 목향을 사립학교에 계속 내버려두었고, 설상가상으로 삶에서 도망치려 할 때마다 다시 잡아넣었다. 남은 탈출구는 하나였다.

어쩌면 둘.

—너한테 강요는 못 하겠어. 하지만, 하지만 그냥 말하는 거야. 조금 더 살고 싶으면, 중간에 조금이라도 마음이 바뀌면 수사관한테 어릴 때 뇌 연결술을 받은 적이 있다고 해. 상대가 누구냐는 질문이 돌아오면, 네가 후원받는 곳이 있잖아. 제약회사 쪽 재단. 거기 회

장이 지금 식물인간이 되어 있는데, 아니다, 네가 뭐라 할 것도 없어. 처음부터 끝까지 내가 처리하면 되는 일이야. 심문실에 들어가면 변호사를 선임해서 정식재판을 청구할 테니 여기서는 묵비권을 행사하겠다고만 말해. 대리인을 불러줄게. 그다음에는 다시 수술을…… 왜 다시 수술을 해야 하냐면…….

그 순간 손목의 수갑 위로 붉은 글자가 떠올랐다. 잠시 뒤에는 심문실로 들어가야만 했다. 목향은 심장이 서너 번 뛸 동안 침묵을 지키다가 속삭이듯 읊기 시작했다.

—아뇨, 설명해주실 필요 없어요. 저도 알아요. 예전에, 교통사고가 났을 때 고아원에서 기도를 시켰거든요. 우리를 먹여 살려주시는 회장님이 빨리 일어나도록요. 그래서 이름도 알아요. 건록이잖아요. 확신은 없었지만 처음부터 의심하고 있었지요. 만약 그렇다면 어째서일지 생각해보기도 했고요. 생각만으로요. 소리를 내거나 글로 쓰거나 기사를 찾아보거나 하면 들킬 테니까요.

나는 답하지 않았다.

—목소리가 정신병이길 빌어본 적도 있고, 아

니면 정말로 그 사람이었으면 좋겠다고 생각한 적도 있어요. 왜 저를 이런 삶에 밀어 넣었느냐, 무슨 마음으로 이러고 있느냐 따질 수 있을 테니까요. 하느님께서 저를 보지 않는 것 같을 때는 화를 내다가 고마워하다가 슬퍼하다가 했지요. 예전에는 그랬어요. 지금은 잘 모르겠어요. 이미 그런 일들이 일어났는데, 그리고 곧 끝날 텐데, 제가 하느님을 원망한다고 뭐가 달라질까요? 어쨌건 그간 즐거우셨다면 다행이에요. 저도 하느님이 좋았으니까요. 그래도 저는 쉬고 싶어요. 이젠 어떻게 못 해요. 그러니까 자수하실 필요도 없어요.

목향은 자리에서 일어섰다.

*

—이제 관음증을 어디서 채우시려나. 다른 애라도 구해다 줄까?

—사람 안 건드리고 지내려고. 잘할 자신이 없어. 지겨워.

서장경은 의자에 걸터앉은 채 카메라를 빤히 응시했다. 기계 부품의 표정을 확인하려 애쓰는 사람 같왔다. 잿빛 눈동자가 여전한 빛으로 번뜩이고 있었다.

—있지, 건록, 나는 댁이 정말 끔찍한 인간이라고 생각하거든. 이건 능력이랑은 별개의 이야기인 거 알지.

—나도 알아.

—예전에, 내가 혼수상태에서 깨어났을 때 댁은 울고 있었지. 미안하다며, 앞으로도 계속 놀아달라며 엉엉 울었잖아. 어이가 없었지. 궁금하기도 했어. 악의가 있는 것도 아니고, 미워서도 아니고, 그냥, 그냥 해도 되는 일과 하면 안 되는 일을 판단할 능력이 부족해서, 재미로 그런 일을 하는 사람을 어떻게 대해야 할까? 저지른 다음에는 이렇게 될 줄 몰랐다면서 진심으로 미안해하는 사람을 어떻게 생각해야 하지? 그 사람이 정작 다른 일은 아주 잘한다면? 좋은 성적을 따내는 건 물론이고 투자자들한테 돈을 뜯어내는 능력도 충분하다면? 그러면 난 그 무능력을 어떻게 생각해야 하지?

—아예 생각하지 않는 편이 나을지도 모르지. 연을 끊는 게 나았을 거야. 나머지는 법에 맡기면 될 일이고. 내가 할 이야기는 아니지만.

—나도 똑같은 생각을 했어. 하지만 그건 문제

자체를 없애는 일이라고도 생각했지. 정답을 맞히는 게 아니라. 그래서 그 답을 알아낼 때까지는 당신이랑 어울리기로 한 거야.

—으응.

—그런데 여전히 잘 모르겠어. 이렇게 시간이 흐르는 동안 나도 꽤 끔찍한 사람이 된 걸 보면 옮은 모양이요.

—내가 사과하면 넌 화를 내겠지?

서장경은 무언가 말하려다가 그만두었다. 나는 그가 선 모습에서 지나간 순간을 보았다. 그때 나는 옥상에서 누군가가 떨어지면 재미있을 거라고, 이 학교에 있는 아이들은 모두 영재원 출신이거나 기업 후원을 받고 있으니 사람들이 마음껏 소설을 써줄 거라고 말했다. 사람들은 영리한 아이가 불행의 주인공이 되는 걸 즐기니까. 옥상에는 난간이 없었으며 무릎에도 닿지 않는 턱만 올라와 있었다. 그 위로 발을 내디디자 서장경이 내 옷자락을 잡아당겼다.

왜, 재미있잖아. 여긴 4층이야. 떨어져서 죽을 높이는 아니라고.

서장경은 하지 말라고 했다. 나는 궁금했다.

왜?

그 질문과 내가 서장경을 밀친 순간 사이에 긴 침묵이 있었다. 아직도 나는 거기에 무슨 소리가 있어야 할지 모른다. 그건 서장경도 마찬가지일 것이다.

더 많은 사람이 있었다. 목항 이전에도. 어떤 사람들은 나에게 화를 내다가 이젠 상관없다고 말했다. 그런 포기는 경멸보다도 더 경멸 같은 것인데 세상의 어떤 일은 경멸만으로 끝나는 편이 다행이기 때문에 나는 받아들인다. 나를 알면서도 아직 포기하지 않은 사람들에게 고마움을 느끼고, 그만 포기해버린 사람들에게는 미안함을 느끼면서. 조금씩 물러나면서. 그리고 내게 해로운 방식으로 책임을 지지 않게 되었다는 점에 안도를 느끼면서. 그런 태도는 비겁한 것이지만 내가 사람들과 만나지 않는 편이 옳다고는 말하고 싶지 않다. 하지만 가끔은 그렇게 말해야만 할 것 같은 기분이 든다.

서장경은 나를 오래도록 바라보다가 돌아선다. 내가 내일 서장경을 부르면 그는 올 것이다. 언젠가 오지 않게 되더라도, 갑자기 전깃줄이 잘리고 완전한 암흑에 갇히더라도 괜찮다. 다시 방이 텅 비고 한 개의 머리만이 남는다. 나는 이 방의 그늘을 연습처럼 바라본다.

제발!

태초에 전쟁이 있었다. 그 전쟁은 너무나도 크게, 오래 지속되었기 때문에 사람들은 이전 세계의 기억을 잃어버렸다. 무수한 영광은 공포와 후회 속에서 터부로 전락했고, 그나마 삼십년전쟁이라거나 펠로폰네소스전쟁 따위가 역사에 남았다. 방사성 물질이 반감기를 거쳐 안정화되듯, 세월의 흐름을 거치며 소설과 다를 바 없이 안전해진 기억들. 반면 미국은…… 뉴멕시코 공화국은 그 명칭을 좋아하지 않았다. 하이데라바드 공영권 역시 중국과 인도와 다른 소국들의 역사를 연방의 이름 아래 파묻었다.

두 번째 세계에서도 전쟁은 여전했다. 그 전쟁은 자동차 정비공이었던 할아버지를 군수공장 경영자로 바꿔놓았고 아버지에게는 무공훈장을 건넸다. 비록 다리 하나를 잘라낸 값이긴 했지만, 고깃덩어리로 명예를 사들였으니 괜찮은 거래였다. 말인즉슨 나는 수완 좋은 할아버지와 전쟁영웅인 아버지를 둔 지방 토호 가문의 둘째로 태어났으며 위로는 누나가 한 명 있었다. 나도 누나도 아버지의 기준에서는 변변찮았다.

종전 협정이 체결되고 두 달이 지나 누나는 대학에 진학했다. 그 후 선배의 꼬임에 넘어가 '별의 인내자'라 불리는 신흥 종교에 빠져들더니 대학교를 중퇴하고 브루클린으로 건너갔다. 브루클린은 뉴멕시코의 한 주州이자 별의 인내자 본부가 있는 곳이었다. 아버지께서 강습을 시도하다가 다리를 잃은 장소이기도 했다. 당신께서는 부상 후유증으로 매일 앓았으므로, 병상에 누워 그 소식을 속수무책으로 전해 들을 수밖에 없었다. 내가 편지의 마지막 줄까지 읽자 아버지는 의기소침한 표정으로 중얼거리기만 했다.

그래? 그렇구나.

아버지는 얼마 지나지 않아 스스로 죽음을 택했

다. 활력을 슬슬 되찾으시는 듯해 함께 공장에 다녀온 날이었다. 그때의 웃음은 속마음을 가릴 용도였는지 출구를 마주한 기쁨이었는지, 공장에 도착할 때까지 시종일관 싱글거리던 아버지는 나더러 물심부름을 시킨 후 그 틈을 타 프레스 기계에 머리를 들이미셨다. 두 해 뒤에는 할아버지마저 노환으로 눈을 감으셨다. 물려받을 만한 유산은 거의 남지 않은 상태였다. 군수공장은 언제나 전쟁이 끝난 뒤의 출구를 준비해야 하는 법인데, 할아버지께서는 너무 낙관적이었던 것이다. 혹은 아버지께서 너무 약해지셔서 할 일을 미룬 탓일 수도 있고.

집안이 순식간에 영락했다. 나는 가업을 살리려 노력했지만 이십대 초반의 청년에게는 쉬운 일이 아니었고, 결국 모든 시련으로부터 도망칠 수밖에 없었다. 도련님 대접을 기억에 묻고 평범한 군무원이 된 것이다. 남은 것은 시골의 작은 별장뿐이었는데 그마저도 유지비가 부담스러워서, 이렇게 점점 나빠지다가 끝나겠구나 싶었다. 기회가 된다면 결혼을 하고 애를 두엇 볼 수도 있겠지만 그건 망망대해 위를 떠가는 조각배가 오른쪽으로, 혹은 왼쪽으로 방향을 트는 것과 비슷한 일인 듯했다. 어느 방향으로 가든 막막하도록 넓은 바다가, 풍랑조차 없이 잔잔해서 도무지 벗어나지 못할 바다가 있다.

다른 방법이 마땅치 않았으므로, 나는 한동안 그 바다에 만족하며 지냈다. 삶의 광막함에 한숨짓는 대신, 이 집안이 아직 침몰하지 않았음을 다행으로 여긴 것이다. 그랬던 기간이 거의 열다섯 해쯤이었다. 그런데 갑자기 한 달에 한 번씩 국제우편이 오기 시작했다. 누나가 보낸 편지와 수표였다. 아버지의 죽음에 대한 값인 듯했다. 군무원 월급 세 달 치에 달하는 금액이었지만, 나는 어머니와의 대화 끝에 수표를 불태우기로 결론 내렸다. 아버지의 장례식은 사실상 누나의 장례식이기도 했다. 만약 누나가 아직도 가족이라고 믿는다면 우리는 아버지에게 죄를 짓는 셈이었다.

그래서 나는 수표를 바꾸지 않았으며 편지에 답장하지도 않았다. 사실 읽지조차 않았다. 하지만 누나는 계속 수표를 보냈다. 보통은 한 달에 한 번, 밀리면 두 달에 한 번씩. 그게 다섯 해 동안 쌓이니 총 금액이 지난달 부로 정확히 6만 RBD가 됐다. 군무원 월급으로 따지면 십오 년 치였다. 지금까지 그만큼의 돈이 불탔다. 이쯤 되자 엄마는 내심 그 돈이 아까운 듯했다. 작년

말, 관리비가 부담스러우니 시골 별장을 정리하자는 제안을 꺼내자마자 이제부터 수표를 받으면 안 되겠느냐 되물으셨던 것이다.

그러나 내가 보기에 그건 병력이 전멸한 뒤에야 백기를 듦으로써 모든 것을 잃어버리는 비겁함과 비슷했다. 살던 대로 살아가면 아쉬울 게 아무것도 없다. 하지만 수표를 받기 시작하면 그때부터는 지나간 숫자들을 손해로 여겨야 하고, 읽어보지도 않고 버린 누나의 편지 내용을 궁금해해야만 한다. 나는 그러고 싶지 않아서 엄마와 종종 싸웠다. 싸운 뒤에는 거실 안락의자에 앉아 눈을 감고 농담처럼 들리는 사실들을 떠올렸다.

뉴멕시코 연합국과 하이데라바드 공영권은 휴전협정을 맺었고, 별의 인내자들은 우주로 떠난 개척자들이 인류를 구원하리라는 교리를 퍼뜨리는 중이고, 시골 별장은 관리비를 잡아먹는다. 엄마는 다 무너져가는 목조 주택에 앉아서 좋았던 시절을 추억하는 병자고 나는 돈 귀한 줄 모르는 얼간이다.

그렇다면 누나는 뭘까?

누나가 어떻게 생겼더라?

누나 목소리는 어떻고 성격은 어땠더라?

인간이긴 했던가?

나는 누나가 인간도 아니라고 생각했으나 그 많은 돈을 계속 보내오는 걸 보면 맞긴 할 것이다. 인정하고 싶지 않을 뿐이다. 그래서 제발 다음 달에는 이런 고민을 마주할 필요가 없기를 빌었지만, 어김없이 우편이 왔다. 엄마가 보고 성가신 소리를 늘어놓기 전에 봉투째 태우려던 차였다. 그런데 어쩐지 봉투의 두께가 낯설었다. 내용물을 살피지 않으면 평생 후회하리라는 예감이 손을 붙들어 맸다.

나는 편지 봉투를 뜯었다. 가장 먼저 보이는 종이에는 이렇게 쓰여 있었다.

……고인의 유언에 따라 1위 상속자로 지명되셨습니다. 관련 절차를 처리하기 위하여 저희 브루클린 본부를 방문해주시기 바랍니다. 고인의 자산 목록은 아래와 같습니다……

사망 이유는 적혀 있지 않았다. 늙어 죽을 나이는 아니니까 자살이거나 병사거나 사고사일 것이다. 모르는 척 지낸 지 하도 오래된 까닭에 셋 중 무엇이든 감흥이 없을 듯했다. 다만 자산가치를 셈해보니 8만 RBD 가량으로, 지금까지의 손해를 벌충하기에 충분할 정도였다. 그런데 손해라니? 장부를 쓰듯 손익을 계산하는 자신을 발견하자 일이 금방 우스워졌다. 지금껏 자존심이나 신의나 원망 따위가 돈에 의해 누그러지지 않았던 것은 금액의 문제였는지. 속물이라는 단어가 머릿골을 쿵쿵 울리더니 배 속을 더부룩하게 만들었다. 보이지 않는 문상객들이 내게 손가락질하는 기분.

나는 땅굴로 기어들어 가듯 탁자에 두 팔꿈치를 얹고 상체를 수그렸다. 그 상태로 유언장을 거듭 읽고 뒤편에 딸린 별의 인내자 공식 홍보물도 살펴보았다. 교단 선전을 진지하게 읽은 건 이때가 처음이었다. 그들은 경건한 어조로 우주와 구원을 논했다. 이미 잊힌 시대에 우주로 떠난 사람들이 있다고. 그들이 언젠가 땅으로 돌아와 우리를 구원할 것이라고. 그 전에 자신의 쓸모를 증명한 십사만 사천 명은 방주에 얹힐 것이며, 그럼으로써 땅의 사람들 중에서 가장 먼저 하늘 왕국에 속하게 될 것이라고. 당신의 가족은 이제 구원받았다고…….

*

몇 주간 고민한 끝에 브루클린행 비행기표를 끊고 휴가를 냈다. 상사는 전쟁이 언제 터질지 모르는 판에 어딜 가냐며 욕을 퍼부었다. 그러나 언제나 바쁜 것은 결코 바쁘지 않은 것과 진배없으며 끝없이 이연되는 불안은 평화의 가장 일반적인 형태다. 예약한 비행기 안에서 뉴멕시코 폭탄이 터지더라도 내 책임은 아니다. 훈장에 굶주린 장군들이 세 번째 전쟁을 준비하는 동안 나는 편히 죽어 누워 있을 테니. 어머니는 슬퍼할 수도 있겠지만 무슨 상관인가. 죽으면 별장도 없고 아버지도 없고 어머니도 없고 누나도 없는데.

"너마저 뉴멕시코로 가겠다는 거니. 그 별의 인내자니 뭐니 하는 것들이 떠들어대는 소리가 듣기 좋았던 모양이지. 그래도 돈은 좀 벌 테니 다행이구나. 너도 이제 네 누나처럼 돈만 보내고 이 늙은 여자는 거들떠보지도 않겠지만. 나이 들면 다들 이러고 살다가 죽는 거지. 나는 어차피 집안 간수 못 하고 아들딸 둘 다 잘못 키운 죄인이니까. 너도 그렇게 생각하는 거지."

"아뇨, 엄마는 왜 말씀을 항상 그렇게만 하세요.

잠깐 다녀오는 것뿐이에요."

나는 시큰둥하게 대답하면서 유언장에 딸려온 홍보물의 내용을 곱씹었다. 수상쩍은 종교에 동생마저 끌어들이려는 수작일지라도, 죄책감 없이 엄마를 떠날 수 있다면 괜찮을 것 같았다.

엄마는 행복한 시절이 종전과 함께 끝났다는 사실에 가끔 미치는 듯했다. 내가 겉모습만큼은 아버지를 똑 닮았다는 사실, 직업을 골라도 하필이면 군무원이 됐다는 사실조차 미칠 이유가 됐다. 당신께서는 교회에 가서 사람 죽인 돈으로 놀고먹은 죄를 참회하다가, 내 죄까지도 함께 씻어주려 하다가, 갑자기 내 월급의 절반을 털어 목걸이를 샀다가, 아버지 무덤에 가서 엉엉 울다가, 시골 별장 건물에 멍하니 앉아 있곤 했다. 신경증 걸린 새색시와 함께 사는 기분이었다. 그런데 도대체 정말로 뭐가 문제인 걸까.

나는 엄마가 비련의 주인공이 되려 할 때마다 누나를 희생양 삼았지만, 그 전략도 슬슬 한계였다. 솔직히 6만 RBD를 태워버리고 쪼들리며 사는 건 내 문제지 누나 잘못은 아니다. 우리가 누나의 얼굴도, 목소리도, 성격도 기억하지 못한다면 더더욱. 그래서 나는 비행기를 타는 날까지 엄마와의 대화를 아예 끊어버렸다. 엄마는 시위라도 벌이듯 엉엉 울다가 이내 태도를 바꾸어 사근사근하게 굴었다. 처음부터 지금처럼 강경하게 나갔어야 했다는 생각이 들었지만 뒤늦은 깨달음에 불과했다. 어쨌거나 나는 브루클린에 가야 했다.

공항 로비 중앙에는 페이퍼백 도서만 취급하는 서점이 있었다. 나는 종교/과학 분류표가 붙은 책장에서 별의 인내자들을 다룬 탐사 르포를 발견했다. 분량이 넉넉한 덕분인지 교리 설명이 공식 홍보물 소책자보다 훨씬 자세했다. 르포에 따르면 별의 인내자들은 학자 집단의 후예였다. 지구의 소유권을 둘러싸고 기나긴 전쟁이 시작되었을 때, 한 무리의 학자들이 우주 식민지로 도망치는 대신 찬란한 문명을 보존하겠다는 포부를 다졌던 것이다. 그들은 데이터센터가 반파되고 0과 1로만 기록된 지식들이 잊혀 사라지는 동안에도 연구와 교육을 멈추지 않았다. 그리고 어느 순간부터, 인내자들의 교육에는 종교적인 색채가 섞이기 시작했다. 떠나간 사람들이 우리를 구원하러 올 것이라는…….

책의 마지막 문단은 이랬다.

그들의 주장이 진실이라면 세상이 이토록 괴롭지는 않을 것이다. 청사진대로라면 진작 개척자들이 돌아왔을 시간이다……. 그러나, 그럼에도 불구하고, 이 괴상한 학자 집단은 과학의 발전에 어느 정도 일조하고 있으며, 학계 또한 이들을 유의미한 구성원으로 받아들이고 있다.

그러니까 누나는 기계 인형이 선형변환을 계산하고 거대한 우주함선이 중력 랜스로 소행성을 가르는 세계를 상상하며 구원을 기다렸던 셈이다. 유능한 과학자이기도 했을 것이다. 접시 닦이나 주유소 종업원이 그렇게나 많은 돈을 보내긴 힘들 테니까. 누나가 그 삶에 만족했을까? 잘은 모르겠지만 달에서 쏜 중력포가 유타주를 휩쓰는 이야기는 그럭저럭 재미있었다.

기내에 오른 다음에도 우주 생각이 멈추지 않았다. 나는 측면에 중력 랜스를 부착한 우주함선을 생각했고, 이 땅이 어떻게 한차례 망하고 다시 살아났는지를 생각했고, 비밀스러우면서도 투명한 학자 컬트 집단을 생각했고, 언젠가 돌아와 그들을 다시 데려갈 방주를 생각했다. 거기엔 십사만 사천 명의 학자가 빼곡히

들어차 있으며 군무원을 위한 자리는 어디에도 없을 터였다. 군수공장 사장의 아내를 위한 자리도. 누나면 몰라도 우리가 구원받을 일은 절대 없으리라 생각하자 이상하게 심란해졌다.

*

공항 근처 여관에서 하루 묵은 다음, 날이 밝자마자 카운터에 택시를 불러달라고 부탁했다. 그들은 용케도 연방 북부 공용어를 할 줄 아는 운전기사를 구해주었다. 갈색 머리카락에 희끗희끗한 기운이 섞인 남자였다. 그는 운전대를 잡자마자 내게 그곳 성원이냐며 물었다. 나는 아니라고, 가족 일 때문에 왔을 뿐이라고 대답했다.

"그쪽에서 당신네 연방 사람들을 많이 봤어요."

"그래요?"

"사실 거기 근처만 가면 완전히 다른 나라에 있는 기분이 듭니다."

"그렇군요."

"연방 북부 지대에서 포로 생활을 했습니다. 모

범수로 다른 포로들을 관리하는 역할을 맡았어요."

"그거 엄청난 우연인데요. 제 아버지는 여기 뉴멕시코에서 한쪽 다리가 잘리셨답니다. 그것도 정확히 브루클린이었죠."

나는 약간의 조소를 섞어 대답했다. 운전사는 내 태도일랑 신경 쓰지 않고 말을 이어갔다.

"내가 그분이랑 거의 같은 시기에 복무했을 것 같군요. 어쨌건 수용소엔 나 같은 뉴멕시코 병사 말고 자국민들도 꽤 있었는데, 모두 특별 취급을 받았습니다. 안 좋은 쪽으로 말입니다."

"흉악범이라도 됐나 보죠?"

"사상범입니다. 병역을 거부한 자국민들을 수용소에 몰아넣었던 거죠. 관리자 노릇을 하면서 그 사람들이랑도 이야기할 기회가 몇 번 생겼는데, 그러니까, 개인적으로는 아주 좋은 사람들이었던 것으로 기억합니다. 다들 학자들이었어요. 전부 욕심 없이 착했고, 어딘가 초탈한 것 같았다고 해야 하나……."

"초탈한 것 같다."

나는 그 말을 반복하면서 누나의 태도를 떠올리려 애썼다. 누나가 초탈했던가, 아니면 욕심이 많았던

가. 모두의 반대를 뿌리치고 떠난 게 이기적이었다는 인상 하나만큼은 뚜렷했는데, 이제는 그 뚜렷함마저 믿기 어려웠다.

“그렇지요. 한편으로는 말도 안 되는 이야기를 하기도 했어요. 이상할 정도로 큰 별이 뜬 날이었습니다. 그 별들은 거대한 반딧불이처럼 떼로 몰려다니다가 어느새 순식간에 사라졌어요. 그러자 사상범들이 갑자기 좋아하면서 이런 얘기를 하더군요. 곧 전쟁이 끝나고 두 나라는 긴 휴전을 하게 될 거라고요. 혼자만 알고 있으라며 정확한 시기까지 말해주었는데, 그때 나는 비웃었던 것 같아요. 비웃었어요. 그런데 정말로, 그 말대로 되었지 뭡니까.”

“사상범들은 어떻게 됐습니까?”

“마지막 날, 일이 잘 풀리면 브루클린에서 볼 수 있을지도 모르겠다고 그러더군요. 그 이야기는 믿었어요. 그동안 그 친구들이랑 꽤 친해졌거든요. 그 후 뉴멕시코로 돌아왔더니, 이상한 사람들이 브루클린 중심에 건물을 하나 세우기 시작하더군요. 그게 바로 손님이 지금 가려는 곳인데…….”

택시는 대로를 떠나 샛길로 접어들고 있었다.

곧 도착할 모양이었다. 나는 책을 중간까지만 읽은 다음 곧장 마지막 장면으로 넘어가듯 추측을 던졌다.

"별의 인내자들이 그 사상범들이었고, 감동의 재회를 하셨다? 맞습니까?"

"그랬으면 좋았겠죠. 수십 년이 지났지만 한 번도 못 만났고 그 단체 사람들이랑은 그 후로 말도 섞어본 적이 없습니다."

흔한 미담으로 끝날 뻔했던 이야기는 등장인물들을 무대에서 걷어치우면서 미스터리로 바뀌었다. 미스터리라. 그 낱말이 또다시 누나에 대한 의문을 이끌어냈다. 아직 젊은 나이인데 어쩌다 죽은 걸까? 이것도 수상쩍은 종교와 관련이 있나? 하지만 그 사상범들이 별의 인내자 소속이라는 것은 기사의 추측에 불과했고, 거기에 누나의 죽음을 엮어 넣으려면 논리적 비약이 필요했다. 나는 조각난 사실들을 이리저리 기워보다가 포기했다.

"정리하자면 결론도 의미도 없는 음모론이군요, 그렇죠? 비슷한 음모론을 몇 개 알아요. 여기까지 오는 동안 줄곧 르포를 읽었거든요. 별의 인내자들이 사실은 우주 정부와 연관이 있고, 그래서 지상 정부들을 뒤에서 주무른다거나 하는 소문이 있던데."

"음모론이라기보다는, 이상한 기억이라고 해둡시다. 내가 방금 한 얘기는 책에서 본 게 아니라 직접 겪은 거니까. 물론 증거는 없지만, 확실한 이야기만 하고 살다 보면 속이 답답해집니다. 마침 손님께서도 그곳으로 간다기에 한번 말해본 거죠."

"그러면 제 이야기도 해야겠군요. 누나가 그곳 소속이었어요. 대학을 자퇴하더니 갑자기 브루클린으로 떠났죠. 덕분에 아버지가 돌아가셨고요. 훈장까지 받은 상이군인의 딸이 그런 식으로 적국에 투신하다니 얼마나 볼썽사나운 일입니까. 그 후로 거의 이십 년을 안 보고 지냈는데, 갑자기 부고가 날아오더군요. 도대체 무슨 일인가 하고 와봤을 뿐이에요. 자세한 건 전혀 모릅니다."

"가족분이 과학자였습니까?"

"아마 그랬겠죠, 추측이지만. 대학에서 뭘 전공했는지도 모르고, 얼굴도 목소리도 성격도 몰라요. 아버지께서 돌아가실 때 다 잊어버려서. 그래도 본부까지 부른 걸 보면 이젠 뭐라도 알게 되겠죠."

"잘됐군요. 혹시 괜찮다면 약속을 하나 합시다."

"무슨 약속요?"

"일종의 거래죠. 난 그쪽을 공짜로 태워주고, 그쪽은 본부에서 알게 된 걸 나한테 알려주는 겁니다. 나는 정말로 인내자들의 정체가 궁금해요. 며칠 더 브루클린에 머무를 생각이라면 나쁜 조건은 아닐 겁니다. 연방 말을 할 줄 아는 택시기사는 얼마 없거든요."

"괜찮군요."

여기까지 온 김에 이곳저곳 구경할 생각으로(혹은 엄마 얼굴을 다시 보는 날을 최대한 미루고 싶어서) 휴가 일정을 넉넉하게 잡아놓은 상태였다. 열흘간 공짜로 택시를 타고 다닐 수 있다면 확실히 남는 장사다. 기사와 연락처를 교환한 후 목적지까지 세 블록 남은 곳에서 내렸다. 운치 있는 벽돌길을 따라 걸음을 옮기다 보니 무성한 가로수 뒤로 다국적기업의 사옥이라고 해도 믿을 법한 건물이 나타났다. 각진 모서리를 따라 햇빛이 와르르 굴러떨어지는 거대한 직육면체. 추억의 끝자락에서 갑작스러운 현실을 마주친 느낌이었다.

나는 거기에 시골 별장이 서 있었더라면 좋았으리라 생각했다. 호수를 에워싼 단구段丘 위에 지어진 목조주택이 이채로운 곳, 가을마다 샛노랗게 물드는 나뭇

잎이 잔바람에 휩쓸릴 때면 황금이 출렁이는 느낌마저 드는 곳이었다. 공장이 멀쩡히 돌아가던 시절에는 그것들 모두가 정말로 황금이었다……. 그래서인지 별장 거실에 앉아 여전한 풍경을 즐기다 보면 세월의 무상함마저도 통장 잔고의 문제인 듯 느껴졌다. 엄마가 나를 그토록 괴롭혀대는 이유도 거기에 있을 것이다. 나는 내가 브루클린까지 온 건 유산 때문이 아니라고, 누나가 누구였는지를 알아내고 그 죽음을 뒤늦게나마 애도하기 위함이라고 애써 되뇌었다.

*

“여기서 잠시 기다리시죠. 안내 준비를 마치면 다시 오겠습니다.”

본부 데스크에 앉아 있던 사무원은 부고 편지를 확인하더니 나를 응접실로 안내했다. 다과가 준비된 탁자와 평판 디스플레이가 놓여 있는 방이었다. 디스플레이 앞에는 미니어처 조감도를 얹어 놓은 직육면체 기둥이 있었다. 조감도는 브루클린의 한쪽 사분면과 그 옆의 뉴더블린을 섬세하게 그려냈다.

나는 건물 위에 쓰인 번호들과 그 아래의 설명을 연결해보았다. 중앙에 있는 것은 새로 지은 본부 건물이며 휴전 전까지 쓰던 본부 건물은 6번으로 도시 외곽에 위치해 있다고 했다. 6번. 본부에 비하면 초라한 갈색 직육면체가 이스턴 강에 걸린 현수교를 등지고 있었다. 그 구조물들 모두가 검지손가락보다 작은 크기였다.

이 응접실이 모형과 같은 크기로 줄어든다면 인간 한 명은 얼마나 초라해질까 궁금해하던 차였다. 갑자기 디스플레이가 작동을 시작하며 밝은 어둠을 왈칵 쏟아냈다. 새파란 구슬이 우주 저편을 향해 움츠러드는 가운데 별빛이 차츰 넓게 퍼지며 화면 전체를 하얗게 물들였다. 그 위로 육망성의 푸른 테가 떠오르더니, 암전. 경건한 느낌을 주는 음악과 함께 다시 페이드인. 카메라가 브루클린 중앙 건물을 부감으로 내려다보았고, 내레이터는 매끄러운 목소리로 연방 북부 공용어를 읊기 시작했다. 교단의 선전 영상인 모양이었다.

"옛 기억이 사라지고 모든 이름이 이전과 달라졌지만, 우리는 한때 이 땅이 더욱 융성했음을 압니다. 그렇다면 우리는 어떤 길을 택해야 할 것입니까? 경건한 마음으로 지혜를 지켜낸 선조들을 어떻게 기릴 수 있겠습니까? 개척자들의 구원을 앞당기기 위하여 우리는 무엇을 해야 하겠습니까?”

영상의 주된 내용은 인내자들의 활동을 다루는 데에 할애되었다. 그들은 각지의 생태를 연구했고, 인류학 보고서를 썼으며, 특정한 종류의 전자공학 이론을 다루거나 수학적 난제에 매달렸다. 내레이터는 교단 연구자들의 성과를 열심히도 자랑하다가 결말에 이르러서는 갑작스레 논점을 틀었다.

“땅에 사는 인간의 정신은 육신의 부산물이며 지극히 유한합니다. 그러나 가장 뛰어난 성취를 이룬 이는 구원받을 것입니다. 개척자들은 언제나 우리를 눈여겨보고 있으며, 우리를 위한 방주를 준비해두었습니다. 방주에 타는 이들에게 땅의 육신과 영광은 아무런 소용이 없으니, 땅의 질서에 유혹받는 일이 없도록 하십시오.”

내레이터는 인간의 의식이 전기적 신호로 번역됨으로써 불멸에 이르는 과정을 설명했다. 곧이어 돔 형태의 우주 개척지와, 스스로 말하고 움직이는 기계들과, 유리관 속에서 만들어지는 인간의 모습이 화면을 뒤덮었다. 특수효과를 활용했다기에는 너무나도 감쪽같았다. 나는 속임수를 찾아내려 애쓰다가 눈을 질끈 감았다. 이 영상이 진실이라면 누나는 정말로, 우리가 과거에 얽매인 동안 완전히 다른 세계를 누비고 있었던 셈이다…….

누나가 우주전함에 올라타는 장면이 머릿속에 펼쳐졌다. 우주에서의 삶과 군무원의 삶 사이에는 아득한 거리가 놓였으며 그 거리는 8만 RBD로 메워질 만한 것이 아니었으므로, 내 존재는 빠르게 초라해졌다. 나는 이게 사기극일 가능성에 다시금 기대를 걸었다가 확답 없는 상태로 실망하기를 반복했다. 그리고 최종적으로는 도살장에 끌려가는 양의 기분으로 사무원을 따라나섰다.

*

한참이나 핸들을 돌리던 사무원은 낡은 갈색 벽돌 건물 앞에서 차를 세웠다. 조감도에서 본 옛 본부였다. 나는 내리기에 앞서 잠깐 창밖을 응시했다. 브루클린의 한 귀퉁이와 그 옆의 뉴더블린을 잇는 현수교가 검게 타오르고 있었다. 각 열주列柱의 강선이 만년필의

한 획처럼 굵기를 바꿔가며 노을을 얇게 저며냈다. 다시 별장 생각이, 엄마 생각이 났다. 내가 엄마와 아무런 관련이 없는 곳으로 떠나는 중이라는 생각도.

"뭔진 몰라도 직접 봐야 하는 모양이군요."

"교단 방침입니다. 그 전에는 납득시키기가 어렵거든요."

"난 그냥 부고 때문에 온 겁니다. 교단 기밀을 확인하러 온 게 아니라요."

"그래도 보시면 알게 될 겁니다."

우리는 중앙 홀의 승강기로 옛 본부의 최상층까지 올라갔고, 그런 다음에는 비품실 한구석의 소형 승강기로 갈아타 내려갔다. 4층에서 멈춘 사무원은 창고 팻말이 달린 문을 열어 그 너머의 나선계단을 보여주었다. 나는 휘도는 계단 한가운데에서 누나가 팔을 뻗어오는 장면을 상상했다. 영웅을 기다리는 신화 속 괴물처럼.

하지만 나는 별 볼 일 없는 지방직 군무원이고 아버지는 연방의 애국자였다. 둘 다 뉴멕시코의 영웅이나 인내자들의 영웅은 될 수 없을 테니 계속 걸어 내려가는 수밖에 없었다. 이윽고 공기에 희미한 금속 냄새가 섞이기 시작하더니 지하인지 지상인지조차 분간할 수 없는 밀폐 공간이 나타났다. 거대한 기계 구조물과 평판 디스플레이 여러 개가 곳곳에서 낯선 빛을 발했다. 한 번도 들어본 적 없는 낯선 언어들, 국적을 알 수 없는 사람들, 용도 모를 기계들. 사무원은 나를 중앙의 원통형 구조물 앞에 데려다 놓은 뒤 입력기를 두드렸다. 구조물에 설치된 스피커가 낯선 목소리를 뱉어냈다.

"왔어?"

누나 목소린가? 누나의 목소리가 이랬던가?

"누나?"

"부모님은 어때? 넌 잘 지냈고?"

나는 입을 열기에 앞서 이 모든 상황을 어떻게 받아들여야 할지 결정해야 했다. 누나와 만나기만 하면 누나 때문에 아버지가 죽었다며, 평생 누나를 용서할 수 없을 것 같다며 쏘아붙일 생각을 하던 시절이 있었다. 그때의 증오는 어느 순간 변명이 되었다가 관성으로 전락했다. 하지만 그 어떤 가능성에도 누나가 기계음을 내는 구조물로 변해 말을 걸어오는 경우는 없었다. 불멸이 된 누나가 우주전함에 올라탄 장면을 상상하던 순간에조차도.

나는 포기하고 사실대로 털어놓았다.

"아버지는 자살하셨는데 누나 때문이야. 그래도 거의 스무 해나 지났으니까 누나가 어쩔 일은 아니지. 공장은 망했어. 그래서인지 엄마는 살짝 미친 것 같아. 이게 다 업보 때문이라느니 총을 팔아댄 죄를 씻어야 한다느니 아주 난리야. 그러면서 좋았던 시절은 못 잊나 봐. 얼마 전에는 내 월급을 절반이나 털어서 목걸이를 샀어. 그나마 별장 풍경은 예전이랑 비슷한데, 옛날 생각이 나서 오히려 기분이 나빠져.

난 누나가 지금까지 보낸 수표를 다 태웠어. 사실 편지도. 그런데 이번에 유산을 받으면 그건 필요한 데에 쓰려고 해. 그게 은행 배만 불려주는 짓이라는 걸 깨달았거든.

최대한 사실대로 말했어. 이제 누나 차례야. 이건 뭐야? 어떻게 된 거야? 살아 있기는 한 거야?"

"음."

스피커에서 들리는 소리만으로는 감정을 파악하기 어려웠다.

"나는 성과가 꽤 좋았어. 작은 무리가 되어서 우주로 떠날 수 있게 되었으니까. 내 정신은 다음 주까지 여기에 머무르다가 곧바로 달에 업로드될 예정이야. 거기에서 재교육이 끝난 후에는 로봇 몸을 빌려서 이곳저곳 다니게 되겠지. 동시에 서너 곳에 존재할 수도 있고, 아예 데이터 상태로 흘러 다닐 수도 있을 거야."

"그게 다야?"

"정확한 세부 진로는 재교육이 끝나야 알 수 있어."

"아니, 그런 거 말고. 있잖아."

"뭐가 있다는 거니?"

하지만 질문을 던지는 입장에서도 의아했다. 나는 도대체 무슨 대답을 원해서 이러고 있는 걸까? 스무 해나 안 보고 살았으면 사실상 남이다. 모른 척 돌아서더라도 어제처럼 살아갈 수 있고, 이 만남을 디딜판 삼아 관계의 회복을 꿈꾸기에는 너무 늦었다. 그건 누나도 마찬가지일 것이다. 물론 헤어져 지낸 시간 동안 누나도 우리를 많이 생각했겠지만, 만료된 기쁨과 슬픔과 그리움과 후회의 지분율을 주장해봤자 무슨 소용이란 말인가.

누나는 이민자들이 흔히 그러는 것처럼 타지 생활을 힘들어했을 테고, 여느 대학생처럼 시험기간에 밤을 지새웠을 테고, 대학원생이 된 뒤에는 종종 교수를 원망했을 것이다. 불확실한 미래 앞에서 불안해하고 두려워했을 것이다. 그리고 구원의 순간을 상상하며 미소 짓고 위로받았을 것이다. 기억에 남는 사건도 몇 차례 있었을 것이며 사랑에 빠진 상대도 있었을 것이다. 하지만 지금 같은 상황에 어울리는 이야기는 아니었다. 내 이야기조차도.

내 삶은 대학 졸업장이 허울 좋은 장식으로만 느껴져 부끄러운 삶이었다. 회계사나 변호사나 판사가 되기는커녕 하급 군무원 자리에 만족하면서 엄마의 불같은 변덕을 온몸으로 받아내는 게 고작이었다. 나는 그 신경증의 온도보다 메말라가는 영광으로 인해 목말랐다. 때때로 아버지의 일기를 읽으며 그에 대한 존경심을 되살렸고, 이런 분을 죽게 만든 누나란 얼마나 비정한 인간인가 생각하기도 했다. 그리고 지금이라도 변호사 면허를 노려봐야 하지 않을까, 혹은 사업을 벌여야 하지 않나 고민했다. 할아버지의 돈과 아버지의 명예를 물거품으로 만들지 않으려면.

그런 갈망은 사실 부나 명예 따위가 아니라 초탈을 향한 것이었다. 나는 언젠가 먼 미래에, 고통과 비참마저도 한때의 추억인 듯 회상할 수 있기를 절실히 바랐다. 장구한 120부작 소프오페라에서 20화쯤의 위기를 평가하듯이. 하지만 이런 방식으로는 아니었다. 아주 오래된 기억이 머릿속에서 번쩍거렸다. 그때 아버지는 응석받이 아들에게 돈 관리법을 가르치기 위해 엄격한 규칙을 세웠다. 일주일 치 용돈을 꼬박 모아야 큰 아이스크림 컵을 살 수 있었다. 나는 일주일간의 고행 끝에 아이스크림을 샀다. 날아갈 듯한 기분으로 걸음을 옮기는데, 얼마 가지 않아 길 가던 노인이 손을 휘적거리다가 그걸 툭 쳐서 떨어트리고 말았다. 세 입쯤 먹었던가. 나는 바닥에 거꾸로 처박힌 아이스크림 컵을 보면서, 지금이라도 저걸 주워서 윗부분을 쓱 밀어낸다면 나머지를 건질 수 있지 않을까 생각했다. 그리고 내가 얼마나 불쌍한 생각을 했는지 깨닫고 엉엉 울기 시작했다. 노인이 당황하며 나를 달랬다. 얘야, 얘야, 얘야, 아이스크림이 뭐라고 그렇게 우는 거니. 그건 그냥 동전 몇 개로 살 수 있는 거야.

"나나 엄마 생각은 안 하느냔 말이야."

그 노인은 간식을 다시 사주겠다고 했지만 나는 울면서 손사래 쳤다. 괜한 원한으로 수표를 태우는 기질은 그때부터 있었나 보다. 그 모든 수표를 불태운 다음에야 때늦은 요행을 바라는 기질 또한. 나는 누나가 두 번째 아이스크림을, 8만 RBD 이상의 구원을 건네지 않을까 내심 기대했다. 하지만 질문을 꺼내자마자 후회가 일었다. 부고를 듣기 전까지, 나는 누나를 찾아올 생각을 하기는커녕 답장조차 보내지 않고 있었던 것이다.

"너 정말 이상한 걸 묻는구나. 할 때도 있었지."

"그러니까……."

"아, 됐어. 그 이야기는 끝이야."

짧은 침묵이 있었다. 누나가 다시 말하기 시작했다.

"나는 내가 얼마나 인간인지 알고 싶었던 것 같아. 심장이 전원으로, 기억이 데이터로, 뇌가 시냅스 도면으로 대체된 후에도 예전 같은 느낌을 받을 수 있을지가 궁금했던 거야. 그래서 널 불렀지만…… 솔직히 참 쓸데없다는 생각이 들어. 시냅스 스캔이 잘못된 걸까? 아니면 네가 떠드는 이야기들이 정말로 시시해서 그런 걸까?"

"누나."

다른 말을 하기가 어려웠다.

"유산 잘 써. 괜히 날리지 말고."

스피커가 작동을 멈췄다. 나는 누나가 완전히 떠났음을, 그 여행은 아주 오래전에 시작되었음을 받아들였다. 하지만…….

*

내가 충격에 마취당한 사이 별의 인내자들은 호들갑을 떨어댔다. 이방인이 방주에 탄 사람을 직접 대면하는 건 엄청난 영예며, 내 누나는 정말로 뛰어난 연구자였기 때문에 내게도 특혜가 주어진 것이라고 했다. 특혜라니? 나는 이런 걸 알고 싶었던 적이 단 한 번도 없었다.

"일종의 하청 공장이라고 설명하는 편이 좋겠죠. 고급 인적자원을 생산해서 올려보내는 거예요. 인공지능이 웬만한 인간보다 똑똑한 데다가 세기의 천재들을 복제하듯이 찍어낼 수 있는 세상이라 해도, 다양성은 중요하거든요. 그건 복제로는 못 만들어요. 무작위성에만 기대면 생산 비용이 너무 커지고요. 그래서 우리가 있는 거죠. 우리는 멋진 세상 구경하니까 좋고,

저쪽에서도 쓸 만한 게 나오니까 좋아해요. 뭐, 그밖에도 자원 보존이라는 측면도 있고. 구시대의 인간종을 좀 남겨놔야 전 우주적 생태 다양성이 보존되지 않겠느냐는 주장인데……."

"궁금한 게 있는데요."

"편히 말씀하시죠."

"그러니까 어디서부터 말해야 할지 모르겠지만…… 난 얼마 전까지만 해도 인내자들이 흔한 사이비 종교 중 하나라고 생각했는데…… 하지만 당신네들은 사실 아무것도 숨기지 않았던 셈인데…… 진실을 곧이곧대로 말하면서도 아무 문제가 없었던 비결이 뭡니까? 너무 터무니없는 이야기라서?"

"그것도 있고, 휴전할 때 협정을 맺었죠. 우리를 최대한 이상한 괴짜로 취급해달라고. 새로운 성원은 항상 필요하지만 너무 주목받으면 온갖 사람들이 다 몰려올 테니까. 얼간이 취급이 이득인 거죠."

"대외적인 평판이나 명예 따위는 상관없다는 거군요."

"아, 네. 우린 땅의 질서가 어떻게 굴러가든 신경 안 써요. 저번 전쟁은 좀 심했지만요. 방주에 올라탈 사람들이 병역 거부로 수용소에 들어가 있었거든요. 그래서 개척자들을 불러야 했어요. 중력자탄 쏟아붓기 전에 적당히 하라고 타일러줬죠. 함선은 하나만 끌고 왔다 보니, 아마 대부분은 좀 큰 혜성이 지나갔다고 기억할 걸요. 두 나라 수뇌부만 설득하면 되는 문제였으니까."

각종 설명을 억지로 귀에 쑤셔 넣은 후 유산상속 절차까지 처리하고 나자 밤이었다. 돈은 지금 당장 수표로 주겠지만 국제 상속세 수속은 연방 세무서에 직접 문의해야 하고, 부동산은 또 다른 문제라고 했다. 별의 인내자들이 지금 당장 챙겨줄 수 있는 것은 관련 서류뿐이라고도. 나는 각종 서류로 가득 찬 가방을 옆구리에 낀 채 사무원을 따라갔다. 걸음걸음에 온 세상의 무게가 달린 기분으로, 사무원의 가벼운 발걸음을 좇다 보니 머릿속이 훅 서늘해졌다.

"평생 배운 것보다 오늘 하루 동안 알게 된 게 훨씬 값어치 있는 기분입니다."

"그런 편이죠."

"이 깨달음을 널리 퍼뜨리고 싶은데요."

"말한다고 믿을까요?"

"혹시 모르죠, 신문사에 투고하면 받아줄지도."

"정신과 폐쇄병동 환자들이 주로 어떤 망상을 공유하는지 알고 계십니까?"

사무원은 음산한 어조로 질문을 던지더니 갑자기 태도를 바꾸어 낄낄 웃었다. 어린 조카를 괜스레 겁준 다음 터뜨리는 웃음과 똑같았다. 정신병원 수감자들의 삶은 물론이고 세계대전마저 시시한 듯 내려다보는 세계 아래서, 이 땅의 죄와 책임은 금방 초라해졌다. 모두가 진실을 두 눈으로 볼 수 있지만 그게 진실임을 믿지 못하고, 상상과 거짓말을 마취제 삼는 땅. 땀과 피마저도 누군가의 여흥에 불과한 땅. 그 마취제는 개척자들이 지구를 잠재운 방식이었을까, 아니면 인류가 스스로 원했던 것일까.

그건 어쩌면 구원일까…….

사무원은 여관까지 태워주겠다고 제안했지만 나는 정중히 거절했다. 그리고 택시를 잡는 대신 공항까지 걸어갔다. 아주 멀었고 길도 여러 차례 잃었지만 그 운전사와의 약속을 잊을 수 있게 되었으니 다행이었다. 그런데 정말로 잊었나? 왜인지 모르게 길거리에서 스치는 사람들의 얼굴 모두가 운전사를 빼다 박은 듯했고 발 디디는 보도블록 하나하나조차 순간적으로 나타났다가 사라지는 느낌이 들었다. 우주가 드리우는 그림자를 막연히 더듬기만 하는, 순전히 우연적인 공간들. 우연적인 믿음과 환희와 분노.

번화가를 빠져나와 여관이 자리한 골목으로 접어들자 펍 테라스에 앉아 있던 사람들이 나를 홱 바라보았다. 이십대 초반쯤 됐을 뉴멕시코 청년들이었다. 참전 경험이 있기는커녕 군무원 노릇도 못 해봤을 녀석들이 애국자처럼 차려입고 애국자 같은 표정을 짓고 있었다. 나는 그런 부류를 원래부터 잘 알았으며, 이제는 그 얼굴 아래의 뼈대마저 알 듯한 기분이 들었다. 그들이 나를 향해 욕을 했고(잘은 모르겠지만, 연방 놈이라고 했겠지) 나는 큰 소리로 웃었다. 그들 중 하나가 뛰쳐나와 내 멱살을 붙잡았다. 나는 잠깐 비틀거렸고, 서류가 든 가방을 떨어트렸으며, 격통과 함께 머릿속에서 상반된 두 생각이 울컥거리는 것을 느꼈다. 내 눈이 가방을 슬쩍 곁눈질하더니 입이 제멋대로 움직이기 시작했다.

"이 불쌍한 녀석들. 너희는 다 불쌍하고 안타까운 어린아이들이야. 물론 나도 그렇지. 이 세상의 꼬락서니를 비유하자면, 육아니 책임이니 귀찮지만 다 자란 아이는 필요한 어른들이, 테마파크에 성가신 아이들을 내려다놓고 훌쩍 떠나버린 거야. 그래서 우리는 테마파크의 놀이기구가 진짜 보물이라도 되는 양 갈라져 싸우고 난장판을 벌이는 거야. 여기가 테마파크라는 걸 깨달을 만큼 영리한 꼬마들은 그저 담장을 넘어 도망치거나 이곳 물건들을 빼돌리면서 자기 배나 불리기 때문에, 우리처럼 멍청한 꼬마들은 영원히 싸우면서 서로의 쥣값을 매길 수밖에 없는 거야. 그거라도 하지 않으면……."

거기까지 말한 순간 내 명치에 강렬한 한 방이 날아들었고 웃음소리가 왁자지껄 거세졌다. 눈꺼풀 아래 어둠을 배경으로 환한 초록색, 흰색, 붉은색 빛이 동전 더미가 발하는 광채처럼 번져 나왔다. 청동과 백은과 황금의 빛이……. 언제나 이 땅에 있었으며 앞으로도 영원할 축제 속에서, 더 많은 발과 손이 나를 두들겨 팼다. 숨 가쁜 현기증 속에 세계가 훅 멀어졌다 가까워지기를 반복하는데 그 섬뜩한 감각마저도 무수한 시간과 은원의 교차를 통해 아주 우연히 결정된 듯했다.

어릴 적, 공장 근처에서 놀다가 걸인을 마주친 적이 있었다. 다리를 절뚝거리는 남자였다. 걸인이 내게 성큼 다가와 말을 건넸을 때 나는 얼굴을 찌푸리며 물러서기만 했는데, 그건 상대를 하찮게 보아서가 아니라 냄새가 너무 고약했던 까닭이었다. 걸인도 어린아이에게서 넉넉한 사람들의 속물성을 발견하지는 않았을 것이다. 하지만 자연의 소산이므로 바꾸거나 변명할 수 없는 사실들은 종종 인간이 고안한 그 어떤 모욕보다 치명적이라서, 걸인은 나를 후려갈겼다. 나는 엉엉 울었다. 울음소리를 듣고 뛰쳐나온 인부들이 그 사람을 두들겨 패더니 사장실로 끌고 가자 그제야 걸인이 더듬거리며 말하기를 자신도 브루클린에 있었다고 했다. 아버지가 다리를 잃었던 바로 그때.

마님, 저는 많은 걸 바라지 않아요. 다만 약간의 자비를, 이 불쌍한 보병이 하루 이틀만 더 살아갈 정도만 부탁드릴 뿐입니다. 엄마는 지갑을 열었다. 그 사람이 받은 돈은 말단 잡부의 주급보다 약간 많은 수준이었다. 큰 컵 아이스크림을 쉰 개쯤 살 수 있는 금액이긴 했지만, 나는 그 돈이 정말 아무것도 아니라는 걸 알았다. 그런데도 온 세상을 얻은 듯 감격하며 마님, 마님을 읊어대는 걸인은 당장에라도 이 세상으로부터 튕겨 나갈 듯 아슬아슬해 보였다. 나는 불안했다. 그 불안의 근원은, 샴페인 거품 같은 환희가 순식간에 스러질 수 있다는 사실, 저 걸인이 엄마에게 감사하는 것도 덤벼드는 것도 어디까지나 초라한 충동에 달린 일이라는 사실, 엄마는 그걸 알면서도 마님 소리에 한껏 의기양양하고 있다는 사실 그리고 내가 할 수 있는 일은 도련님 소리를 들으며 사탕을 핥는 것 외에 없다는 사실.

주말에 놀러간 별장에서 엄마 다리를 베개 삼아 눕고서야 그 불안이 마술처럼 가라앉았다. 마술이란 아슬아슬한 거짓말을 그저 믿음으로써 현실로 만드는 기예다. 기껏 마술사를 초빙해놓고 속임수를 알아내려는 사람은 돈 아까운 줄 모르는 얼간이다. 금화처럼 우수수 쏟아지는 정오의 햇살, 무수한 종류의 빛. 빛이 고통처럼 번쩍거렸다. 고통이 빛처럼 번쩍거렸다.

그러더니 어느 순간 뚝 멈췄다. 불량배들은 어디론가 가고 없었다. 나는 욱신거리는 몸을 추스른 뒤 서류 가방이 어디쯤 버려져 있는지를 확인했고, 내용물이 멀쩡하다는 사실에 무력할 정도의 환희를 느꼈다. 그것은 아까의 음울한 장광설과는 다른 방식으로 내 몸 전체를 갈라놓았다.

8만 RBD!

그 환희는 분명히 온 지구를 착각에 빠트릴 만

큼 강렬한 것이었으므로, 나는 이만 착각의 대오에 복귀하기로 했다. 이번에는 정말로 잊을 수 있었다. 무엇보다도 연방에서 온 여행객을 아무 이유 없이 두들겨 패는 뉴멕시코 청년들의 존재는 연방에 대한 애국심을 불태울 이유가 됐다.

여관방으로 돌아오자마자 씻지도 않고 침대에 엎어졌다. 그리고 오래도록, 인간이 기계가 되어 우주로 떠날 수는 없는 법이라고, 누나는 인간으로 살다 인간으로 죽은 것이라고 중얼거렸다. 그래야만 누나를 용서할 수 있을 듯했다. 누군가를 용서한다는 것은 그럴 권리를 지녔다는 의미이며 상대가 자신에게 빚졌음을 증명한 후 그 빚을 소각함으로써 최종적인 우위를 확정하는 작업이다. 그렇다면 아버지의 한쪽 다리도 프레스기에 머리를 집어넣을 만한 우울도 헛짓이지 않을 수 있었다. 마찬가지로 어머니가 죄를 씻으려 애쓰는 것도 별장을 지키고 싶어 하는 것도 내가 이런저런 사실들에 짓눌린 채 살아온 것도 이렇게 갑작스럽도록 얻어맞은 것도 무언가 의미 있는 일이어야만 했다.

구원받기 위해서는 우선 죄가 필요했다.

그러니까 제발…….

*

제발!

잠들기 직전, 나는 주문처럼 그 한 마디를 토했다. 그 덕분인지 기나긴 잠을 통과한 후에는 머리가 부쩍 맑아져 있었다. 오래된 감상도 고민도 희미해지고 현실적인 계산들이 그 자리로 쏟아져 들어온 것이다. 이제부터 할 일이 많았다. 일단 세금 처리를 마친 뒤 아버지 묘지에 다녀오고, 별장도 대대적으로 보수하자. 그 후 남은 돈으로 작은 건물을 구입해서 세를 주면 살림살이가 훨씬 나아질 것이다…… 혹은 어머니가 원하는 대로 상이군인 단체에 기부할 수도 있다. 어쨌거나 당신의 죄책감과 회한에 출로가 생기리라 생각하자 내 마음도 더불어 가벼워졌다. 나는 엄마를 많이 걱정했고, 누나는 금방 잊어버렸으며, 우주에 대해서는 절박하도록 몰라야만 했다.

Called or Uncalled

스무 해 전, 끝내주는 사랑을 했다. 상대는 새까만 머리카락을 픽시커트로 자른, 두 살 연상의 소녀였다. 목덜미에서 머리통으로 이어지는 완만한 곡선의 중간 지점에는 바싹 깎여 까슬까슬한 머리카락이 자라고 있었다. 고양이 수염 다발을 만지작거리는 것만큼이나 재미있는 감촉이었다. 끌어안으면 암나사와 수나사가 맞물리듯 동그랗고 단단한 어깨가 팔꿈치 안으로 빨려 들어 왔다. 직업은 연예인 겸 국제조직의 비밀요원이었다. 이토록 완벽한 여자와 함께할 수 있다는 사실이 믿기지 않을 지경이었다.

정말이지 다양한 사람들이, 정부 공무원이나 다국적 거대 기업의 끄나풀 따위가 우리 사이를 방해했다. 심지어 부모님마저도. 그래서 나는 공원이나 쇼핑몰에서 만날 시간을 정하는 대신 소녀가 몰래 내 방에 들어오기를 기다려야만 했다. 종종 전화로 소식을 들을 수 있었지만 대부분은 아무런 예고 없이 왔다. 서로 몸을 뒤얽은 채 사랑이 영원하리라 속삭이던 시간들. 오지 않은 미래와 겪어본 적 없는 시련을 담보 잡는 약속들. 나는 믿었다. 믿지 말았어야만 했다.

열여섯 살 겨울의 기억은 엉망진창으로 뒤섞여 있다. 정부가 비밀리에 운영하는 연구소의 미친 과학자들. 어쩌면 대학병원 정신과 소아병동의 간호사들. 병상의 철제 프레임을 톡톡 두드리며 빨리 도망가자고 말하는 소녀, 사람을 꽁꽁 묶어 가두는 고문 혹은 독방 격리, 세뇌 주사거나 신경안정제. 전기 고문과 구분되지 않는 경두개자기자극술. 의료보험 적용됨. 그런데 보험사 직원들이 그 병원 꼬라지를 보기나 했을까? 혹시 그들도 한패가 아니었을까? 도청기-딱정벌레, 오후 두 시마다 병동 맞은편 커튼월 빌딩으로부터 쏘아져 들어오는 빛 전파 공격, 내가 갇힌 도시가 하나의 뇌이며 저 아래의 12차선 도로는 거대한 시냅스라는 생각. 그렇다면 도시 곳곳을 흐르는 돈은 아세틸콜린 같은 화학물질이란 말인가? 아마 그럴지도. 그 화학물질이 나를 살리는 동시에 죽이고 있다는 생각, 생각, 생각, 생각의 속도를 낮춤으로써 뇌의 오작동마저 멈춰 세우는 약들.

1층 로비로 내려갈 수 있을 만큼 멍청해졌을 때, 나는 자판기 광고판에서 소녀를 발견했다. 소녀는 프로테인 이온 스포츠드링크 광고의 전속모델을 맡고 있었다. 짧게 깎은 검정색 머리카락이 검정색 음료수병과 놀랍도록 잘 어울렸지만, 그 아름다움에 순순히 매혹될 수 없다는 것이 내 불행이었다. 나는 비로소 부모님과 의사와 간호사의 말을 이해했다. 해독할 수 없는 형태로 차곡차곡 쌓여 있던 외국어 문장들이 불현듯 구와 절로 조각나며 의미를 얻듯이.

각종 스트레스와 사춘기의 호르몬 이상으로 인한 조현정동장애 발병?

조현정동장애란 양극성장애에 환각과 망상이 동반되는…… 의사가 말하기를 조현병도 양극성장애도 아니지만 둘의 특징이 동시에 나타날 경우 내려지는 진단이라고 했는데, 예후는 대개 양극성장애보다 나쁘지만 조현병보다는 낫고, 심각성 또한……

하지만 내가 보통의 양극성장애 환자들과 뭐가 얼마나 다르단 말인가?

그들도 보통은 아니다.

나는 지금도 머리가 잘 굴러간다.

상상만으로 솔리테어 게임을 시뮬레이트할 수 있고(하지만 게임은 직접 하는 편이 좋다. 속임수의 유혹 때문이다), 유심히 읽은 책이라면 특정 구절의 위치를 곧바로 찾아낸다. 국제유가와 채권 10년물의 가격 흐름도 큰 틀에서 예상할 수 있다. 사회 이슈에 대한 에세이를 학술적인 톤으로 써내서 호응을 얻기도 한다. 그러니까 나를 멍청하게 만드는 건 약이다. 바로 그 약들이다.

물론 내 병명을 들으면 다들 그렇고 그런 광인을 떠올리는 게 사실이다. 이해할 수 없는 내용의 폭로문을 퍼뜨리거나, 환각에 사로잡히거나, 영적인 상상에 과하게 몰입하거나 등등. 그러나 이 병의 맹점은, 웬만큼 심각해지기 전까지는 머리가 잘 돌아간다는 것이다. 처리 속도만큼은 보통 사람보다 훨씬 빠르다고 장담할 수 있거니와 생각의 내용도 문제가 생긴 부분을 제하면 멀쩡하다. 동어반복인가? 문제에서 문제를 빼면 아무

것도 남지 않으니까?

그 동어반복이야말로 핵심이다. 문제에서 문제를 빼야 한다는 것. 가끔은 조리법이 묘하게 비틀린 레시피 모음집을 들고 주방에 선 기분이 든다. 레시피의 '파슬리'가 모두 '개구리 껍질'로 대체되었다고 가정해 보라. 파슬리가 들어가지 않는 요리에는 아무런 영향이 없고, 들어가는 요리일지라도 먹을 만하다. 초대받은 손님이 혀를 내두르며 도망가기도 하지만, 창조성의 산물이라 우겨볼 여지 또한 충분하다. 사태를 남다른 방향에서 바라보는 태도는 혁신가의 특징이니까. 횔덜린, 뭉크, 알튀세르, 바타유……. 그러나 '소금'이 '대못' 따위로 바뀐다면, 혹은 '오 분간 삶아서 고기의 핏물을 빼라'가 '경찰서에 전화해서 고기의 신원을 조사하라'가 된다면 병원에 끌려가고 마는 것이다. 즉, 원본 레시피만 잘 간직한다면, 정보오염이 어느 지점에서 뚝 멈춘다면 거기서부터는 약 없이 관해에 이를 수 있는데…… 원본을 똑바로 기억할 능력이 있다는 전제하에서만…….

퇴원 후, 서서히 약을 줄였다. 소녀가 종종 내 귀에 속삭였다. 허공에서 급조된 벌레들, 하루살이와 풍뎅이와 척추만큼이나 긴 지네가 모여 여자의 몸을 그렸다가 공중으로 흩어졌다. 하늘은 맑은 파랑. 그때 나는 끔찍하게 외로워서 소녀를 한 번만 다시 안을 수 있다면 평생이라도 바칠 수 있을 듯했지만, 홀랑 넘어가지는 않았다.

강령. 오감과 휙 건너뛰는 발상과 내적 논리를 곧이곧대로 믿는 대신 끝까지 의심하기. 두 개의 매뉴얼(대외용과 별수 없이 망가진 것)을 동시에 들고 다니기. 누군가가 내 컴퓨터를 해킹하고 있다는 생각이 들면, 조용히 노트북을 팔아넘기고 새로운 것을 사기. 휴대폰과 침대와 냉장고와 수많은 해킹 가능한 물건에 대하여 상동. 의자에 도청기가 붙어 있을 가능성? 모르겠다. 아마도 망상이겠지만, 만약 의자에까지 도청기를 붙여 놓았다면 그 노력이 가상해서라도 당해주는 수밖에 없다.

도청용 벌레?

세상에는 두 종류의 벌레가 있다. 손으로 후려치면 터지는 벌레와 아닌 벌레다.

손으로 후려쳐도 터지지 않는 벌레는 좋다. 휴지를 가져올 필요가 없기 때문이다.

터진다!

눈앞에서 폭발하는 머리통. 참수와 사지절단에

대한 너무나도 생생한 비전. 황제와 왕과 총통과 장군. 나는 보이지 않는 땅의 율리아누스, 물질세계 한 꺼풀 위에 교묘하게—마치 영토 전체를 뒤덮는 현척現尺 지도처럼—겹친 상징계를 지배하고 있어서 나의 손짓 한 번이면 인간의 언어가 싹둑 잘려나간다는 생각, 그렇게 잘라내어진 사람들은 이전과 똑같이 행동하지만 내면적으로는 죽어 있는 철학적 좀비와도 같아서…….

로마는 정말이지 오래전에 스러졌다. 내가 다스리는 상징계 또한 없다.

단약을 시작할 무렵, 의사는 경증 환자용 보조기기를 추천했다. 경증이란, 인공지능 비서의 목소리를 연인의 속삭임이나 신의 호령쯤으로 듣지 않을 분별력이 있다는 의미다. 국가가 보조장치를 통해 자신의 행동을 제어하려 든다고 의심해서도 안 된다. 세상이 혼란스럽게 느껴지면 눈을 질끈 감고 이렇게 물어야 하는 것이다.

"카페 직원이 나를 빤히 바라봤는데, 십 분쯤 뒤에 비둘기가 날아왔어. 그 직원은 예전부터 내 사생활에 관심이 많았거든. 비둘기가 사실 드론이라 내 사진을 찍어갔을 확률이 얼마나 될까?"

인공지능 비서의 대답은 보통 이런 식이다.

"방금 지나간 비둘기는 평범한 동물입니다."

그러면 믿는 수밖에 없다. 이게 바로 보조기기 이용자가 하는 일이다.

하지만 젠장, 비둘기 모양 드론이 개즈든 연합군 장교를 사살한 지 두 달도 안 됐다. 정부가 나를 노리지 않으리라는 보장이 어디 있단 말인가?

당연히 나는 서른여섯에 제대로 된 직업도 없으니까……

하지만 재무국은 언제나 비생산인구를 감축하려 들지 않았나?

하지만 그렇게 따지면 드론 운용 예산과 기존 행정제도의 효율성이……

하지만 누나가……

누나가 날 죽이고 싶어 했던가?

(나는 재정경제학적, 사회학적, 행정학적 상식을 총동원한다. 오 분가량의 고민을 마친 뒤 논증을 다섯 줄로 요약해 비서에게 검토를 맡긴다. 비서는 나의 판단력과 논리적 사고를 칭찬해준다. 하지만 다른 행인에게 나의 존재란 횡단보도 앞에 멈춰 선 채 이상한 소리를 중얼거리는 미친놈 이상도 이하도 아닐 것이다.)

(그래도 나는 한낮에 바깥을 걷고 있다.)

머릿속이 기괴한 선문답으로 가득 찬 것과 별개로, 직업을 구하지 못한 것과도 별개로, 나는 그럭저럭 괜찮게 지낸다. 과묵하다거나 낯을 가린다거나 수줍다는 식의 평가는 얌전히 받아넘기면 된다. 그리고 사실은, 직업이 아예 없는 것도 아니다. 두 달에 한 번씩 생각의 속도가 급가속하면서 신경세포들이 세계의 본질을 흡착하는 시기가 온다. 예술가들이 보이는 기묘한 창작열과 비슷한 에너지라고 생각한다. 그때가 되면 나는 각종 전자화폐의 가격 동향을 본능적으로 알아맞힌다. 본능에 비하면 시장에 널린 매매 알고리즘이나 대형 증권사들의 인공지능 따위는 하찮다. Dre@mLand가 580달러 선을 찍고 내려오는 것이 보인다. RBD가 32.5달러까지 하락한다…… 이 자리에서 50배율 격리 마진을 걸고……. (누나, 내가 이렇게 잘 살고 있는데 약을 먹어야 하는 이유를 제발 논리적으로 설명해봐, 합리적으로, 객관적으로…….)

문제는 에너지가 과열되면 믿음과 계산이 뒤섞이기 시작한다는 것이다. 거래를 시작할 때는 모든 자리가 눈에 선명히 보이지만, 시간이 흐를수록 망상과 환각이 불어난다. 그래서 나흘에 걸쳐 세 배를 먹은 뒤 반나절 만에 60퍼센트쯤을 잃고 기절하듯이 잠들고 만다. 이론적으로는 두 달마다 원금에 20퍼센트의 수익이 더해지는 셈이다. 더 많이 잃을 때도 있으니 마냥 복리로 계산하기는 어렵지만. 그렇다고 해서 중간에 끊는 건 안 된다. 끊을 타이밍을 잡지 못하니까 병이지, 조절이 되면 축복이다. 그리고 또…… 돈을 충분히 잃을 의무가 있다고도 생각한다. 옛 제사장들이 번제물을 바쳤듯이, 손실액은 내가 시장에 봉헌하는 공물이다. 이 미친 에너지를 거래소에 내뱉는 비용이다. (누나가 말하기를 나는 미친 게 확실하다고 했다. 하지만 나는 누나보다 단기투자 실력이 뛰어날 뿐만 아니라 종교인류학 책도 꽤 읽었다. 노먼 브라운이 말하기를 도시란 영원한 죄책감의 결정체라고…….)

이런 삶의 방식을 찾아내기까지 십 년이라는 세월이 걸렸다. 발병으로부터 정확히 십 년 뒤, 지금으로부터 정확히 십 년 전. 그사이 바깥 세계는 많이 변했다. 무엇보다 기능성 유전자 개량 식물이 지난한 논의를 거쳐 전국 곳곳에 심기기 시작했다. 공기정화에 탁월한 효능을 보이거니와 이산화탄소 흡수 효율까지 압도적인 한해살이풀이었다. 8차선 대로변에서도 너끈히 버틸 만큼 튼튼했으며 덩이줄기는 식용이 가능했다. 매년 초봄에 심어 겨울이 되기 전에 수확하면 사이클이 딱 맞았다. 여기까지는 반대할 이유가 없었다.

다만 대중은 개량종의 원종이 마약 원료라는 사실에 우려를 표했다. 그 식물의 꽃가루는 LSD와 고순도 헤로인의 혼합물만큼이나 빠르게 전두엽을 녹였다. 꽃가루와 관련한 유전자를 억제시켰다 해도 언제 어떻게 돌연변이가 발생할지 모른다고들 했다. 토론회가 자주 열렸다. 반대 측 패널의 말.

"해외 성공 사례가 충분하긴 해도, 도입은 가급적 신중해야 합니다. 극단적으로 말해 나라 전체가 마약중독에 빠질 수도 있어요. 단순 각성제도 아니고 환각과 망상을 불러일으키는 환각제죠. 후유증도 오래가고요. 최악의 경우 복구 자체가 불가능해집니다. 땅 전체가 버려지는 거예요. 더 나아가 그 돌연변이종이 국경을 넘는다면, 혹은 바람이 꽃가루를 실어 나르기 시작한다면……."

공교롭게도 나는 병원 로비에 설치된 TV를 통해 그 발언을 접했다. 열여섯 살 겨울, 애인을 광고판에서 발견하고 그 모든 열정이 망상이었음을 확신한 직후였다. 세상은 나를 속이지 않았으며, 오직 나 혼자만 스스로를 속이고 있었음을 깨달은 순간의 좌절감을 떠올리면 아직도 숨이 턱 막힌다. 누구도 탓할 수 없다. 심지어 대부분은 이게 어떤 기분인지조차 모른다. 그래서 나는 제발 찬성 측이 승리하기를 기도했다. 제발 전국에 그 식물이 자라나서 돌연변이가 나타나기를. 저것들도 내 꼴이 나기를.

기도가 효과를 발휘한 모양인지 최종적으로 찬성 측이 승리했고, 내가 서른이 되었을 무렵에는 전국 어디서나 유전자 개량 식물을 볼 수 있었다. 튤립을 닮은 꽃봉오리는 막 도포한 아스팔트를 연상시킬 만큼 완벽한 흑색이었다. 그 모습은 영산홍과 샐비어와 라벤더밖에 모르던 시민들에게 강렬한 시각적 충격을 안겨다주었다. 인터넷에는 종종 사탄의 권세와 식물을 연결짓는 게시물이 올라왔다. 조경용 가위를 들고 다니며 줄기를 잘라내는 모임도 여럿 생겼다. 해외 성공 사례에 일루미나티가 개입했다고 주장하는 사람, 그 식물이 사실 인구 대감축을 위한 발판이라고 주장하는 사람마저 나타났다. 세계를 막후에서 조종하는 비밀 정부가, 쓸데없는 인간의 머릿수를 확 줄여버리고 기계들만의 시대를 열고자 한다는 거였다.

나는 정신질환 진단을 받았는데 저 인간들은 저래도 정상인이라니 신기할 따름이다.

언젠가 싼 맛에 무명 브랜드 노트북을 샀는데 AS가 형편없었다.

망상도 마찬가지다.

이왕 망상을 하려면 인기 많고 유명한 망상을 해야 한다.

하지만 여기서까지 지나간 사랑을 떠올리는 걸 보면, 나는 시류를 타는 일에 소질이 없는 모양이다. 꽃의 색상은 소녀의 머리카락을 연상시켰고 향기는 그 애가 뿌리던 향수 같았다. 엄지와 검지로 꽃잎을 비벼 짓이기다 보면 함께 침대에 누워 까슬거리는 목덜미를 만지작거릴 때의 전율이 심장 깊은 곳에서 되살아났다. 망상과 현실을 분간할 분별력은 건재했지만, 도시 곳곳에서 화단을 마주할 때마다 그 능력이 부서지고 흩어지며 먼지구름 같은 추억 속으로 사라지는 것을 느꼈다. 어디에도 없었던 노스탤지어를 향해…….

그토록 완벽한 여자에게 뿌리 끝까지 삽입할 수 있는데 제정신이 대수인가?

제정신이 왜 중요하다고 생각하는 거야?

화단 앞에서 허리띠를 푸는 사람이 되지 않기 위해서지.

결국 마스크형 공기청정기를 마련했다. 완충 시 서른여섯 시간 동안 쓸 수 있고, 필터는 1주마다 갈면 된다. 사람들에게는 병 때문이라고 둘러대는 중이다. 그러면 다들 호흡기가 약한가 보다 한다. 사기꾼이 된 기분이지만 더 설명할 의무는 없을 듯하다.

*

뚜렷한 패턴이 있다.

두 달에 한 번꼴로, 사나흘가량 신경이 곤두선다. 하루에 세 시간만 자도 아무 문제가 없거니와 머리가 정말 빠르게 돌아간다. 그 기간이 끝나면 끔찍할 만큼 잠이 쏟아진다. 열한 시간 내리 코를 골다가, 잠시 깨어나 화장실에 다녀온 후 정신을 가다듬으려 애쓰다가, 기절하듯 눈을 감는 게 일상이다. 침대 밑의 무저갱이 나를 향해 아가리를 벌리고, 이불은 어느새인가 셰올의 어둠으로 변한다.

성경 번역자들의 유구한 실수는 히브리어 '셰올'과 그리스어 '게헨나'를 똑같이 '지옥'이라고 옮겼다는 것이다. 게헨나는 고대 예루살렘의 남쪽 골짜기를 부르는 이름으로, 유다 왕인 아하스와 므낫세는 그곳에서 인간을 불 가운데로 지나가게끔 했다. 바알과 몰렉을 섬기기 위해. 그러나 셰올은 죽은 이들이 잠들어 재생을 기다리는 장소이며 여호와는 망자를 괜스레 괴롭히는 신이 아니다. 나는 죽었으므로 셰올의 거주민처럼 잔다. 신경줄을 끝까지 태워버린 뒤 잿더미로부터 새로운 축삭돌기가 뻗어 나오기를 기다린다.

누나에게서 전화가 왔다. 나는 깼다.

"응, 누나. 나 자고 있었어. 누나 때문에 깼어."

"블로그에 새로 올라온 글 봤다. 도대체 무슨 생각으로 쓴 거니. 남한테 내 얘기 하지 말라고 그랬지."

"나 졸려. 다음에 이야기해. 내일 다섯 시에는 일어날게. 저녁 다섯 시."

"요새 약은 제대로 먹고 다녀?"

"먹어, 먹어. 잘 먹고 있어. 일어나면 내가 다시 전화 걸게. 끊어."

"끌려가서 주사 맞기 싫으면 정신 똑바로 차려."

나는 전화를 끊었다.

두 살 터울의 누나는 언제나 내 블로그를 감시한다. 망상이 아니라 그럴 만한 이유가 있다. (지금은 돌아가셨지만) 아버지는 금융위원회 출신 3선 국회의원에 누나는 현직 재무국장인데, 정작 나는 이 꼴이라는 게 밝혀지면 사람들이 뭐라고 수군대겠느냔 말이다. 이 꼴? 내가 살짝 맛이 갔다는 것? 전자화폐 매매로 먹고 사는 데다가 컬트적인 금융-신학-정치 블로그를 운영하고 있다는 것? 사실 전자보다는 후자의 문제가 크다. 전자화폐 완전 실명화를 추진하는 강경파 재무국장의 남동생이 급진적인 우파 가속주의자이자 사이버 아나키스트라는 사실…….

하지만 나는 블로그 운영에 시답잖은 장난 이상의 의미를 부여하지 않는 사람이다. 감각과 사유를 곧이곧대로 믿지 않는 태도는 회의주의를 낳기 때문이다. 호페와 로스바드가 옳은지 케인스가 옳은지 내가 어떻게 알겠느냔 거다(취향만 따지면 어떻냐고? 젠장, 솔직히 인정하건대 나는 케인스가 좋다. 호페와 로스바드는 무섭다). 그냥 이런저런 발상이 전자화폐 시세 차트 바깥으로까지 쏟아지기 시작하면 손가락에서 글이 발사될 뿐이다. 출력

조절이 불가능한 레이저 광선처럼. 나는 무슨 말을 하는지도 모르는 상태로 블로그에 광선을 쏜다. 그 작업에서 그나마 확신할 수 있는 부분은, 나를 선생님으로 모시는 익명의 구독자들이 나보다 정상적으로 살아가고 있으리라는 아이러니다.

그러니까 나는 누나가 시킨다면 당장 블로그를 닫고 정부의 충성스러운 나팔수가 되어줄 용의가 있다. 누나는 가족 이상이니까. 그런데 누나는 내 마음도 모르고 강제 입원을 협박용 카드처럼 들먹이는 데다가 그걸 실행에 옮기기까지 한다. 두 번이나 당했다. 나는 한 정치산자 판정을 받지 않았는데 말이다. 비침해성 공리를 논하지 않더라도, 보편적인 자유주의적 관점에서도, 고위공무원이 평범한 민간인의 집 문을 따고 들어오는 것은 명백한 권력 남용이다. 오 년 전에 입원당했을 때 나는 주치의에게 솔직한 정견을 밝히고 이 상황의 부당성을 논증했다. 주치의는 알약을 처방하는 대신 장기 지속형 주사제를 강제로 투여했다. 할로딕신 메인테나, 글라우딘 시린지, 엔파타민…… 1개월마다 삼각근에 주사…….

독방 감금은 덤…….

나는 알약을 혀 밑에 숨겼다가 몰래 뱉을 기회조차 얻지 못하고, 완전히 얌전해져서 퇴원했다. 정신이 세련된 건축적 구조를 되찾기까지는 반년가량 걸렸다. 그동안 나는 쓸모 있는 일이라고는 아무것도 하지 못했으며 블로그 구독자들은 주인장이 불온한 사상을 퍼뜨린 죄로 정부에 납치당했다는 가설을 세웠다. 정부 요원들이 내 뇌를 망가뜨렸을 거라고도 했다. 누나는 공무원이니까 아예 틀린 말은 아니었다.

엉망진창인 방을 깨끗이 정돈하면 물건들의 위치가 망가진다.

약을 먹지 않는 건 그 상태가 내게 알맞기 때문이다.

알겠어, 누나?

누나가 내 질문을 들었는지 다시 전화했다. 나는 내일 오후 다섯 시에 통화하기로 했던 것을 기억했다.

"어, 누나. 아직 다섯 시 안 되지 않았나. 나 졸린데."

"다섯 시? 무슨 다섯 시?"

"그때 전화하겠다고 했잖아."

"너 내가 마지막으로 언제 연락했는지 알기나

하니."

"몰라. 졸리니까 나중에 이야기해. 내일 오후 다섯 시에."

"내일 아버지 기일이야. 그건 기억하니."

기억해. 내일은 꼭 일어날게. 꼭 일어나서 엄마한테도 오랜만에 인사드리러 갈게. 이 약속을 소리 내어 읊었던가? 아니면 상상만 하고 전화를 끊었던가? 하여간 휴대폰을 무음 모드로 바꿨다. 그리고 일어난 김에 냉장고에 있던 공장제 브리오슈를 먹었다. 맛이 매트리스 스펀지만도 못했다. 대강 씻은 후 침대로 돌아가 누웠다. 찬물 샤워를 했는데도 여전히 졸렸다.

항상 누나 때문에 잠이 깬다. 누나만 아니었더라면 병세가 약간이나마 호전됐으리라는 믿음이 있다. 잠을 얕게 잘수록 미치기 때문이다. 저번에는 블로그였고 이번에는 아버지 기일이었으니 다음에는 무슨 문제로 날 괴롭힐까 궁금할 따름이다. 엄마 장례식이 아닐까. 장례식. 누나는 내가 아버지 장례식에 오지 않았으니 기일에는 본가에 들러야 한다고, 그게 최소한의 효도라고 잔소리한다. 하지만 죽은 사람에게 효도가 무슨 소용인가 싶다. 본가에서 함께 살 적에는 존재 자체가 불효였는데 말이다. 그걸 이제 와서 만회할 방법은 떠오르지 않는다.

사실 만회할 마음도 없다. 효도는 망상이다.

어엿한 직업과 건실한 경제생활은, 미래 계획은, 정상적인 삶은, 물론 망상이다.

지난 십 년간, 강제 입원이나 컨디션 난조로 날려버린 기회를 제외하면, 도합 43회의 주기가 있었다. 그중 돈이 썩어나도록 넘쳐흘렀던 시기는 딱 한 번이었다. 그걸 그대로 시장에 돌려보낼 수도 있었겠지만 왜인지 좋은 일을 하고 싶어졌으므로, 나는 도박중독자 커뮤니티에 들렀다. 그리고 선착순 스물다섯 명에게 돈을 뿌렸다. 두 해가 지났을 때, 그들 중 네 명이 재활에 성공하더니 내게 깊은 감사를 표했고 나머지 스물한 명은 계속 도박을 했다. 나는 생각했다. 이 개자식들에게 퍼준 돈이면 중형 세단 한 대는 샀겠군. 이자라도 받았더라면 두 달 내내 소고기 스테이크를 먹었을 테고. 구운 아스파라거스에 홀랜다이즈 소스를 뿌려서…….

제2금융권은 그놈들에게 21퍼센트의 이율을 매기고, 사채꾼이 들먹이는 이율은 수천 퍼센트를 넘나든다. 반면 나는 아무것도 받지 않는다. 그런데 받기로 마음먹으면 생기고, 마음먹지 않으면 아무것도 생기지 않는 게 뭔가? **결단주의적 신용팽창?** (비록 누나는 이 사연을 듣자마자 나를 병원에 집어넣으려 했지만) 나는 사람들이 당연히 믿는 사실들조차 망상이라고 말하고 싶다.

화폐와 신용과 금융과 시장은 망상이다.

전통도 관습도 종교도 민족도 법도 제도도 교육도 국가도 망상이다.

따라서 공기 또한 망상이다.

이건 세계가 구성되는 방식이 총체적으로 무의미하며 무작위적이라는 허무주의와는 거리가 멀다. 미친놈 소리를 듣지 않으려면 시류와 부합하는 망상을 택해야 한다는 정치공학적 계산일 뿐. 그래서 나는 상징계에서 벌어지는 망상들의 권역 다툼을 지켜본다. 먼 옛날에는 멀쩡히 작동했지만 어느 순간 맞물릴 톱니바퀴가 사라져 공회전하게 된, 그러나 여전히 관성적으로 작동하는 사상과 개념 들(자유주의, 공동체, 도덕, 실용주의, 시장경제……)을 본다. 그나저나 내가 지금 깨어 있나?

벨이 이상할 만큼 요란하게 울렸다. 분명히 무음 모드로 설정했을 텐데?

번호가 바뀌었지만 여전히 누나였다.

“어, 어, 어. 왜 또 전화야. 그런데 번호 바꿨어?”

“너 밖에 안 나갔지?”

“나가긴 뭘 나가. 안 나갔어. 계속 잤어. 나 정말 누나 때문에 잘 수가 없어. 도대체 뭐가 문제라서 그래.”

“재난경보 갔을 테니까 확인해봐. 당분간 **절대로** 나가지 마. 아니다, 너 그 마스크 있지. 공기청정 기능 있는 마스크. 그거 끼고 나와. 반드시 끼고 나와야 해. 주소 보낼게. 빨리 와야 돼. 다른 사람한테는 **절대로** 말하지 말고 와. **절대로**.”

숨도 쉬지 않고 떠들어대는 와중 똑같은 낱말이 세 번씩이나 튀어나온 게 신경을 긁었다. 글로 써놓으면 아주 거슬릴 게 분명했다. 누나는 이렇게 말을 못 하는 사람이 아니었는데. 아무튼 내가 가길 어딜 간단 말인가. 더는 방해받고 싶지 않아서 휴대폰을 아예 껐다.

오래도록 잤다.

잠이 깼다.

벌어진 암막 커튼 사이로 늦봄 특유의 메마른 열기가 뻗어 나오고 있었다. 더위가 손등 피부에 스미더니 온몸의 핏줄을 한 바퀴 돌아 뇌리에 꽂혔다. 방전된 전자기기에 전원이 연결되듯 정지된 기능들이 되살아났다. 격렬한 갈증과 허기. 미지근한 생수가 설탕물보다 달았고 공장제 브리오슈는 파인 다이닝의 메인 디쉬 같았다. 누나랑 만나면 저녁 식사까지 하게 될 테니 적당히 먹어야겠다고 생각했지만 손을 멈추기 어려웠다. 브리오슈 두 덩어리에 감자칩 한 봉지, 제로 콜라 두 캔.

문득 단백질이 그리워져서 냉동실 문을 열었다. 낯설도록 길게 자라난 고드름이 물방울을 뚝뚝 떨어트리고 있었다. 냉동 프라이드치킨은 얼지 않았고 스프링롤도 말랑말랑했다. 자기 전에 문 닫는 걸 까먹었나? 여의치 않으면 모두 버려야겠다고 생각하며 치킨을 전자레인지에 데웠다. 이 분 삼십 초. 시간 표시부의 숫자가 1씩 내려앉는 모습을 가만히 지켜보는데 갑자기 온 집 안의 전기가 뚝 나갔다. 조리가 끝나기까지 오십칠 초 남은 시점이었다. 일단 치킨을 꺼내서 먹은 다음(겉은 뜨거웠지만 가운데가 서걱거렸다) 오피스텔 관리실에 연락하기 위해 휴대폰을 켰다.

시스템 로딩이 끝나자마자 재난경보가 화면을 메웠다.

재난경보 내용을 거듭해 읽다가 휴대폰을 내려놓고 암막 커튼을 걷었다.

오후 한 시 사십 분, 우후죽순으로 솟아난 철근 콘크리트 덩어리 뒤편의 하늘은 구름 한 점 없이 맑은 푸른색……

창밖으로 보이는 화단의 검은 꽃은 절반가량 잘려나간 상태였다. 바닥에 흩날린 꽃잎이 먹물 자국을 연상시켰다. 오후 햇살이 2차선 도로 정중앙에 도포된 페인트를 따라 점점이 올라가다가 6차선 도로의 자동차 무리를 만나 불타오르듯 번졌다. 신호를 기다리는 초조함조차 없이 한자리에서 졸고 있는 세단과 트럭과 SUV와 버스 수백 대, 그 자동차들은 박제된 야생의 일부 같았다. 몹시도 거대한 손이 사바나의 땅 한 뙈기를 푹 떠올린 다음 단숨에 레진 용액을 부어서 표본을 만드는 상상.

도로 저편에서 갑자기 등장한 트럭이 속도를 높이더니 자동차 군집의 옆구리를 들이박았다.

충돌을 중심으로 한순간 세계가 움츠러들었고, 다시 팽창했다.

한 무리의 사람들이 자동차 사이를 누비고 있었다. 한 손에는 조경용 가위를, 다른 손에는 잘라낸 꽃다발을 든 채였다. 그들은 종종 허공에 대고 가위질을 했다. 다가오는 사람에게 꽃을 건네기도 했다. 빨간색 테두리를 두른 고속버스가 몹시도 느릿느릿한 속도로, 양복 입은 직장인들을 태운 채 그들 곁을 지나쳤다. 나는 문득 도로가 형형색색으로 번들거리는 것이 늦봄의 햇살 때문이 아니라 자동차 떼가 쏟아낸 휘발유 때문임을 깨달았다. 그리고 고개를 들어 직장인들이 원래 있어야 할 곳을 바라보았다.

건너편 빌딩 꼭대기에 얹힌 옥외 광고판이 토론회 방송을 재생했다(아니, 순간적으로 연상된 기억이 나를 과거의 어느 한 점에 데려다놓았다).

"해외 성공 사례가 충분하긴 해도, 도입은 가급적 신중해야 합니다. 극단적으로 말해 나라 전체가 마약중독에 빠질 수도 있어요. 단순 각성제도 아니고 환각과 망상을 불러일으키는 환각제죠. 후유증도 오래가고요. 최악의 경우 복구 자체가 불가능해집니다. 땅 전체가 버려지는 거예요. 더 나아가 그 돌연변이종이 국경을 넘는다면, 혹은 바람이 꽃가루를 실어 나르기 시작한다면……."

나는 거대한 자동차 무덤을 계속 바라보았다. 꽃다발 든 사람들이 길의 왼편으로 향하며 시야를 벗어나더니 그 반대편에서 또 다른 사람들이 나타났다. 그들이 허리를 수그려 땅에 무언가를 쏘자 순식간에 불길이 내달렸다. 아지랑이에 감싸인 하늘은 편광필름이 망가진 OLED 패널처럼 무수한 색채를 발했고, 햇볕은 눈부신 진주 가루였다. 검은 연기가 일었다. 불길 속에서 앙상히 사위어가는 철제 프레임과 우수수 비산하는 검댕. 포식을 마치고 날아오르는 파리 떼만큼이나 빼곡한…….

이제 더 많은 사람이 보이기 시작했다. 양복 입은 직장인들, 삼십 분 전까지만 해도 마천루 어딘가에 제 자리가 있었을 인간들이 다 함께 도로로 쏟아지는 광경은 50층 높이의 수도관들이 단체로 역류하며 오수를 게워내는 장면을 연상시켰다. 따라 내려가보려던 찰나, 누나가 내 머릿속에 전화를 걸었다(정확히는, 내가 마지막 통화를 복기했다).

"재난경보 갔을 테니까 확인해봐. 당분간 **절대로** 나가지 마. 아니다, 너 그 마스크 있지. 공기청정 기능 있는 마스크. 그거 끼고 나와. 반드시 끼고 나와야 해. 주소 보낼게. 빨리 와야 돼. 다른 사람한테는 **절대로** 말하지 말고 와. **절대로.**"

보조기기는 80퍼센트가량 충전된 상태였다. 카

메라 렌즈가 달린 목걸이형 본체와 무선 이어폰이 한 쌍이었고, 본체의 인공지능은 통신망에 연결되지 않은 상태로도 제 기능을 했다. 나는 보조기기를 착용한 뒤 눈을 감고 말했다.

"창밖 풍경을 묘사해줘."

인공지능 비서는 6차선 도로가 자동차들과 함께 불타고 있으며 날씨가 맑다고 말해주었다.

진짜?

*

주어진 정보를 종합하면 일어날 일이 일어났다는 이야기가 됐다. 생동하는 자연의 힘이 유전자조작의 주박을 뚫고 나온 것이다. 척 보기에도 복구는 불가능해 보였다. 이 도시 사람들은 LSD와 고순도 헤로인의 혼합물보다 강력한 천연물질을 서른여섯 시간째 들이켜고 있었다. 몇몇 은둔자들은 살아남았겠지만, 그들에게 이런 상황을 헤쳐나갈 능력이 있으리라는 생각은 들지 않았다. 따라서 나보다 멀쩡한 사람은 없을 게 분명했다. 나는 잠들지 않을 때는 매일 산책을 나간단 말이다. 동네 펍에서 만난 친구도 몇몇 있다.

물론 이런 상황에서 도움이 될 만한 친구들은 아니었다.

당연히 평소에도 도움이 안 됐다.

그 녀석들은 매일같이 포커를 치고 정치인을 헐뜯었다. 신학에는 영 관심이 없거니와 자유를 말하면서도 그 낱말이 정확히 무엇을 가리키는지 몰랐다. 누구의 자유? 밀의 자유, 이사야 벌린의 자유, 아니면 프리드먼의 자유? 죄나 해방이나 의지 같은 개념이 화두에 오르더라도 껍데기뿐이다. 도대체 어째서일까? 그런 것들 모두가 사실은 입에 담지조차 못할 만큼 무거운 단어라서 그런가?

이해한다. 나도 병원에 갇히기 전에는 그 친구들처럼 살았다. 내가 세상을 이해하는 방식은 현대적인 의미에서 명백한 병증이다.

병은 사실 좋은 것인지도 모른다. 그건 삶인 것 같다.

세상이 이렇게 됐으니, 이제는 진짜 살아 있는 친구를 사귈 수 있을까? 가면을 쓰고 사회생활용 농담을 지어내는 게 아니라, 진정한 내면을 공유할 수 있는 걸까? 축구 경기를 보며 떠들 때조차도 그 자식들의 얼굴에는 훅 불면 날아갈 듯 얄팍하고 가벼운 웃음만 얹혀 있었다. 웃음을 벗겨내면 몸 전체가 쭈그러들면서 주저앉을 것만 같은 느낌. 인간이라기보다는 실없이 낄낄대고 화내는 덩어리에 불과했다. 속에서부터 완벽히 죽어 있었다. 충성스러운 블로그 구독자들의 존재 또한 별 위안이 안 됐다(그들이 내 글을 몰래 비웃지 않는다는 보장이 어디 있단 말인가). 젠장, 난 정말로 외로웠다…… 누나가 그나마 내 말을 들어줬는데…….

하여간 나는 오래도록 외로웠으며 오래도록 살아 있었다. 산 사람은 계속 살아가야 하는 법이다. 무엇보다 블로그 칼럼 소재가 떠올랐다. 비상용 위성인터넷 연결을 시도했지만 통신량이 임계점을 넘었는지 관리자가 설정을 망가뜨렸는지 응답이 없었다. 휴대폰도 통신국 신호를 전혀 수신받지 못하는 상태였다. 몇 가지 대안을 시도하는 사이 전깃불이 들어왔다가 끊기기를 반복했다. 다섯 번째로 불이 켜졌을 때, 이대로는 안 되겠다 싶은 마음에 스프링롤을 데웠다. 기름과 습기에 절어 눅눅해졌지만 그럭저럭 먹을 만했다. 너절한 식감이 묘한 비현실감을 되살렸다. 내가 이 도시에서 가장 정상적인 사람이 됐다니?

터무니없는 상황이 너무나도 생생하게 와닿아서 보조기기마저 믿지 못할 지경이 되면 나는 머릿속에서 솔리테어 게임을 돌린다. 메모리 점유율이 높은 프로그램을 동시에 여럿 작동시키면 컴퓨터가 뻗어버리는 것과 비슷한 원리다. 토막토막 잘린 세계를 자기 본위로 재구성하는 데에는 알게 모르게 심력이 들어가고, 솔리테어 게임 한 판에 포함된 쉰두 장의 카드와 그 순서를 기억하는 데에도 심력이 필요하다. 따라서 눈을 감고 카드를 옮기다 보면 잠이 쏟아지기 시작한다. 자고 일어나면 머리가 한결 맑아져 있다. 이게 내 현실검증력의 비결이다.

클론다이크Klondike 한 판. 초기 세팅은 블랙 클로버 7-레드 하트 10(2)-레드 하트 J(3)-레드 하트 3(4)-레드 다이아 4(5)-블랙 클로버 A(6)-레드 다이아 A(7).

나는 이 수법을 열여섯 살에 병원에서 고안했다. 병원 관계자들은 무감각한 벽돌 같았고 동료 환자들은 엽총에 맞은 고라니처럼 소리를 질러댔지만(혹은 엽총에 맞아 죽은 고라니처럼 쓰러져 잠들었지만), 그런 끔찍함은 사람의 잠재력을 자극한다. 깊은 내면을 탐색하게끔 돕고, 교과서 집필진이 감추려 애쓰는 속임수를 가르친다. 표백되어 뻣뻣한 베갯잇과 침대 밑바닥의 기묘한 얼룩으로부터, 푸른 빛을 발하는 관목식물과 맞은편 커튼월 빌딩의 대조로부터 도시의 진정한 모습이 드러난다.

A 두 장을 더미에 올리자 블랙 스페이드 10과 레드 하트 6이 나타나고, 이 둘을 필드 내에서 정리하니 레드 하트 A가 나타난다. 그것까지 더미에 올리면 필드에서는 더 건드릴 카드가 없다.

세계의 치명적인 진실은, 모두의 망상이 서로 단절되어 있으며 정신병자조차 다른 정신병자를 싫어한다는 것이다. 그것은 뭐랄까, 물과 물 아닌 것들의 관계와 비슷하다. 청산가리와 메탄올은 둘 다 인간을 죽이지만, 죽음이라는 공통점을 근거 삼아 두 물질이 중화되어 물로 바뀌리라고는 기대할 수 없다. 군산복합체 음모론을 믿는 정치꾼 노인은 자신이 나폴레옹의 환생이라 믿는 여자를 비웃고, 나폴레옹의 환생은 유대교 카발라와 베다 점성술에 심취한 학생을 조롱한다. 나폴레옹은 역사적 인물이지만 점성술은 미신이니까. 심지어 상대가 무슨 이야기를 하는지조차 모르면서 싸우는 경우도 잦다.

나는?

나는 남들 앞에서 애인과의 일을 나불거리는 사람이 아니다. 미쳤든 제정신이든 간에. 그리고 내 애인이 남들에게는 순전히 망상에 불과하다는 사실도 안다.

패를 넘긴다. 블랙 클로버 6-레드 다이아 3-블랙 스페이드 J-블랙 스페이드 2……. 패에서 나온 블랙 스페이드 A와 레드 하트 2를 더미에 올리고, 필드의 레드 하트 3도 올린다.

확실히 나는 그 점에서 통역관의 재능이 있다. 같은 언어를 사용하는 인간들이 상징계에서는 완전히 다른 영토를 밟고 있음을 보게 되면, 뒤엉킨 대화를 풀어내기가 훨씬 쉽다. 입원할 때마다 그 능력으로 병실 사람들과 간호사들의 환심을 샀다. 그리고 내가 하고 싶은 말을 상대의 머릿속에 슬며시 끼워넣었다. 영혼의 중추를 건드리지만 않으면 쉬운 일이다. 중추가 아닌 부분은 호흡이나 살덩어리나 경험 따위고, 중추는 그들 각각의 믿음이다. 영혼은 몸의 유일한 형상이라고 아퀴나스가 말했듯, 그들의 육신과 기억은 현실에 비스듬하게 걸친 믿음의 퇴적물이다.

저 바깥의 사람들에게는 도대체 무엇이 퇴적되고 있을까?

이번에도 내가 통역관 노릇을 할 수 있다면 좋을 텐데…….

나는 무엇의 퇴적물일까?

누나가 병실에 찾아와서, 내가 곧잘 그랬던 것처럼 나를 품에 안은 채 내 머리통 아래 목덜미를 어루만진 날이 있었다. 거세당한 노새의 털을 솔질하듯이. 나는 기분이 좋아서 실실 웃었다. 입원하기 직전에 삭발당했는데, 머리카락이 피부를 뚫고 자라나면 간지러운 느낌이 들기 때문이다. 누나는 그게 다 거짓말이며 상상이라고, 일어나지조차 않은 일이었다고, 앞으로는 그러지 않겠다고 말하면 여기서 나갈 수 있으리라고 했다. 그렇게 속삭이던 누나는 열여덟 살이었고 화단의 검은 꽃처럼 아름다웠다.

하지만…….

패에서 등장한 레드 다이아 9와 필드의 레드 다이아 7 체인을 이을 중간고리가 어디쯤에 있을지 궁금하다. 패에서 블랙 8이 나오면 게임이 훨씬 쉬워진다. 그 생각을 떠올리자마자 블랙 클로버 8이 등장한다.

무의식이 속임수를 쓰는 걸 보니 슬슬 한계다.

눈을 뜨자 창밖은 여전히 불타오르는 중이었다. 좀 더 자는 수밖에 없었다. 베개에 얼굴을 파묻고 뒤척거리는 동안 렘수면 상태의 뇌는 누나와의 약속을 곱씹었다. 통역관 노릇이든 뭐든 간에 일단 누나를 만나보고 결정할 일이었다. 메시지에 적힌 장소는 꽤 멀어서, 차를 타고 국도로 빠져나간 뒤 두어 시간은 달려야 도착할 듯했다.

문제는 내게 운전면허가 없다는 것이다. 조현정동장애 진단을 받은 사람이 운전면허 시험에 응시하려면 의사 소견서가 필요한데, 내 주치의는 그걸 단 한 번도 써주지 않았다. 그래서 자가용이 없다. 완전 자율주행 시스템이 기본 사양이 된 시대인데도 운전면허가 있어야만 자동차를 마련할 수 있다니 이상한 일이다. 이 문제로 몇 번 불평한 적이 있으니까 누나도 내가 늦는 이유를 이해할 것이다. 이런 상황에 걸어오라고 하진 않을 테니.

계속 잤다. 눈을 떴을 때는 한밤중이었다. 덜 깬 머리로 창밖을 돌아보니 6차선 도로 바닥에 고인 불길이 더 나아가지도 움츠러들지도 않는 상태로 제자리에서 꿈틀거리고 있었다. 검은 연기 덩어리가 그 위에서 투명한 어둠을 향해 치솟아 올라갔다. 짧고 단속적인 대각선을 그리며 쏟아지는 빗줄기. 빗줄기가 연기의 복판을 두드릴 때마다 불티가 고로高爐 대탕도에서 빠져나오는 쇳물처럼 튀었다. 비가 세차질수록 불길도 그만큼 단단히 자리 잡았다. 도로가 거대한 용광로로 변해 도시를 태초의 모습으로 되돌리려는 듯했다. 여전히 믿을 수 없는 광경이었다.

나는 인공지능 비서에게 상황 설명을 요구했다.

"자동차 내에는 물과의 반응으로 화재를 심화시키는 특정 물질들이 존재합니다. 마그네슘, 리튬, 배터리 전해액 등이 그 예시입니다. 전기 화재 및 화학적 화재는 물로 쉽게 진화되지 않으며, 오히려 전기 쇼트와 화학반응으로 인해 사태가 악화될 수 있습니다. 손상된 연료 탱크에서 누출된 기름이 물 위에 뜰 경우에도 비슷한 현상이 발생합니다."

그래?

그렇군.

이쯤 되니 현실 부정을 멈춰야겠다는 계산이 섰다. 빗줄기가 꽃가루와 먼지를 쓸어보내는 데에 특효약이라는 사실이 이어 떠올랐다. 마스크도 있으니 바깥을 돌아다니다가 미칠 걱정은 당분간 내려놓아도 될 터였다. 그러니까 비가 그치면 곧바로 자동차를 구해서 누나를 만나러 가자. 이 세상에서 진심으로 나를 걱정해주는 건 누나뿐이다. 엄마도 그 정도는 아니다. 사실, 엄마는 나와 누나를 부끄러워한다. 서로 떨어져 있을 때는 아무 신경도 쓰지 않는 것 같지만, 같은 공간에 있으면 거의 발작을 일으킨다. 내가 웬만하면 본가에 들르지 않는 것도 그래서다. 왜지?

엄마가 우리를 대하는 태도는 정말이지 불가사의하다. 나야 그렇다 쳐도 누나는 사십대에 접어들기도 전에 재무국장이 된 재원이기 때문이다. 시도 때도 없이 내 잠을 깨우는 것과 별개로, 누나는 예쁘고 똑똑하고 착한 사람이니까 나만 아니었더라면 결혼했을 테고 총리도 되었을 것이다. 나를 강제로 병원에 처넣긴 하지만, 누나는 자유가 뭔지 알고 그 주제로 대화도 나눌 줄 아는 사람이다.

설명이 너무 길다.

나는 문장을 고쳤다.

누나가 자유로운 총리가 되지 못해서 나를 괴롭

히는 건 내게 운전면허가 없기 때문이다.

이게 사태의 본질을 훨씬 명료하게 요약하는 듯했다.

아니다. 이런 식으로 말하면 영락없이 정신병자 취급을 받고 만다. 나는 현실적인 문제로 시선을 옮겼다. 일단 누나를 만나러 가야 한다는 것. 자율주행 인공지능은 교통상황을 근거 삼아 운행을 거부하리라는 것. 그렇다고 저 아래의 정신병자들에게 운전대를 맡길 수도 없으니 결국 나 스스로 운전해야 한다는 것. 하지만 여전히 면허가 없다는 것. 그래도 지나가는 사람을 잘 구슬리기만 하면 자동차를 얻어내고 개인교습도 받을 수 있으리라는 것. 나는 정신병자들의 비위를 맞춰주는 일에 확실히 재능이 있다. 마지막으로 입원했을 때는 병원의 아이돌이었는데.

그런데 자동차를 빌려줄 사람이 주치의랑 아는 사이면 어쩌지?

내가 명징한 이성의 소유자라는 사실을 증명할 필요가 있었다.

비와 불길이 함께 잦아들 때까지 솔리테어 게임을 하거나 잤다. 수염에 가끔 벌레가 기어다녔는데 터지는 벌레는 아니었다. 멀끔한 인상을 주기 위해 수염을 깎으려고도 했지만 수도꼭지에서 물이 나오지 않았으므로 관뒀다. 신기하게도 변기 물은 내려갔다. 보조기기 배터리는 74퍼센트에 마스크형 공기청정기는 완충 상태였다.

*

건물 현관을 나서는데 어깨에 검은 물이 뚝뚝 떨어졌다. 이틀 내리 치솟던 매연이 빗줄기와 함께 땅으로 돌아오는 과정이 머릿속에 그려졌다. 화단에 심긴 주목은 온통 얼룩덜룩했다. 멀리서 보면 검은 꽃이 자라난 줄로 착각할 듯했다. 나는 괜스레 심호흡하며 공기청정기의 성능을 확인했다. 꽃 냄새도, 매캐한 악취도 없었다. 잘 작동했다.

길거리에는 사람이 많았다. 목소리도 많았다. 그렇다고 해서 약탈이나 점령전이 벌어지고 있진 않았다. 이따금 가게 주인이 행인을 두들겨 패거나 그 반대의 장면이 눈에 들어오긴 했지만 그것은 개인적인 은원에 불과했다. 대다수는 그저 어디론가 가거나 어디에선가 왔다. 땅을 바라보거나 하늘을 올려다보거나 서로를 응시하면서. 혹은 엎드려 기어가거나 구르면서.

블로그 칼럼에 달린 장문의 댓글을 읽을 때마다, 나는 익명의 구독자들이 도대체 어떤 현실을 살아가고 있을까 궁금해하곤 했다. 인구분포로만 판단할 경우 평범한 직장인이거나 파트타이머거나 학생이거나 자영업자거나 백수일 가능성이 컸다. 절대다수의 인간은 그런 상태니까. 거기까지 생각이 뻗어나가면 수억 명의 일상이 기계적인 질서에 의해 조율된다는 사실에 전율할 수밖에 없었다. 바벨탑보다 높이 솟은 마천루, 유리를 두른 철근콘크리트 기둥들은 사바나의 흰개미 탑과 비슷한 종류의 기적이다. 흰개미의 몸 크기는 5밀리미터, 그들이 쌓는 탑의 높이는 4미터. 겹눈이 퇴화하고 지성도 거의 없는 벌레들은 페로몬을 통해 하나의 뇌처럼 움직인다.

흰개미의 길을 이끄는 페로몬은 페녹시에탄올이다.

그렇다면 인류에게는 뭐가 있지?

나는 상징계의 각 권역이 바로 그 페로몬이라고 믿는다. 성장이라거나 자유라거나 영성이라거나 덕 같은 가치들 말이다. 그리고 상징계에서 잘라내어진 사람들을 위해서는, 기술이 있다고 생각한다. 가령 인터넷이 끊겨서 가십거리 동영상과 비디오게임과 시답잖은 대화가 오가는 게시판이 싸그리 증발한다고 생각해보라. 내 블로그를 포함해서 말이다. 지루함을 이기지 못한 사람들이 거리로 쏟아져 나올 것이며 세계는 어떤 식으로든 바뀔 테다. 그러니까 현대의 기술이란 본질적으로 인간을 유리창과 철근콘크리트 사이에 붙잡아둠으로써 세계를 한 점에 압축시키고 정지시키는 기예다. 공회전을 진보라고 착각하게 만드는 마술이다. 정신과 주사제에 잔뜩 절여져보면 그 점을 확실히 체감할 수 있다.

오 년 전, 강제 입원을 당한 후 혈관에 주사제가 남은 상태로 퇴원했을 때, 나는 처음이자 마지막으로 매매 수익이 아닌 프리랜서 소득을 손에 쥐었다. 누나가 알선한 기계번역 감수 일자리였다. 누나는 그 돈이 자기 부수입이라도 되는 것처럼 기뻐했고 나는 울었다. 누나가 선물한 넥타이를 목걸이처럼 걸어보고 와인도 두어 잔 마셨다. 이제부터는 약을 꼬박꼬박 챙겨 먹고 제대로 살겠다며 약속했다. 그리고 섹스했다. 도대체 무슨 생각으로 그랬는지 모르겠다.

시세 차트를 노려보면서 마우스 버튼만 몇 번 누르면 돈이 생성되는데?

아무도 읽지 않을 전자문서와 거래소에서 유통되는 데이터 쪼가리는 본질적으로 동일한데?

물론 사람들이 공회전과 압축을 좋아하는 이유는 안다. 모두가 건물을 벗어나 땅을 걷기 시작한다면 도시는 금방 포화 상태가 될 게 뻔하거니와 변화와 팽창은 번잡스러운 실패의 과정이기 때문이다. 흙먼지가 피어오르고 길거리는 엉망진창이 된다. 행군하는 사람들이 지나간 자리에는 갖가지 쓰레기가 발자국처럼 남는다. 지금 이 순간에도 도로를 치우는 사람은 아무도 없었다. 왁자지껄 싸우는 소리와 비명이 몇 블록 너머에서 터져 나왔다. 유명 인공지능 테크기업과 뉴멕시코 신임 교황의 유착 관계를 폭로하는 목소리도 (앰프를 통해 증폭된 느낌으로, 어디에서 시작되는지 불분명할 정도로 크게) 들렸다.

그래도 무작위성이 새로운 질서를 이루는 광경이 보기 좋았다.

LSD와 고순도 헤로인의 혼합물만큼이나 강력한 천연물질.

헤로인의 1킬로그램당 시세는 6만 5천 달러고, 1킬로그램은 이십만 명이 투약할 수 있는 양인데, 이 도시에는 천만 명이 살고 있으며, 여든네 시간 내내 꽃가루가 공급되고 있으니까……

검은 꽃은 공기정화 및 이산화탄소 흡수 효과에 더해 약 2억 7,300만 달러 규모의 부가가치를 창출하고 있었다. 한편 파괴된 지역기반시설 및 의료 인프라 재건은……. 비서는 향후 십 년간, 전국적으로 3조 9,500억 달러 규모의 경제효과가 발생할 수 있으리라고 계산해주었다.

진짜야?

추정치입니다.

하지만 압도적인 경제효과와 별개로 지금은 저런 치들과 엮일 때가 아니었으므로, 나는 인파를 피해 단골 펍으로 들어갔다. 낮인데도 익숙한 얼굴이 몇 있었다.

그들도 나를 알아보았다.

"하도 안 보여서 죽은 줄 알았는데."

"컨디션이 심각했어. 보름 내내 누워만 지냈던 것 같아……. 그런데 다들 낮부터 무슨 일이야? 회사는 어쩌고?"

"보면 알잖아. 죄다 정신이 나갔어. 욕이 아니라, 그러니까, 임상적으로. 출근해봤자 소용없어. 너도 재난경보 받았을 텐데."

테이블에 소시지와 치킨과 감자튀김이 푸짐하게 얹혀 있었다. 맥주잔도.

"퇴직 기념 파티군. 도대체 얼마어치를 시킨 거야?"

"사장이 공짜로 줬어. 전기가 들어왔다가 말았다가 해. 상하기 쉬운 것부터 먹어치우는 중이야. 지금 안 먹으면 모두 썩으니 빨리 먹어야지. 살찌는 게 남는 거야."

"수도는? 내 집은 물이 아예 안 나오더라고. 생수로 씻었어."

"그건— 그건 좀 복잡해. 그것도 나왔다가 말았다가 해. 위성인터넷으로 잠깐 소식 봤는데, 취수장 근처에서 전투가 벌어지고 있는 모양이더라. 수도방위군이랑 제2군단이……."

다른 친구가 말허리를 끊었다.

"인터넷에 글 쓰는 놈들도 다 정신병자야. 난 그

거 절대 안 믿어. 동생이 거기 사는데 그런 일 없대. 공무원들이 뭔가 잘못하고 있겠지."

"동생이랑 연락이 닿아?"

"난 동생이랑 텔레파시가 통해. 예전부터 마음이 맞았거든. 부모님이랑 돈 문제로 싸울 때도 동생은 내 편이었어. 진짜 가족은 개밖에 없어. 상황이 좀 나아지면 같이 통신국을 운영할까 고민 중이야. 요새 회사가 희망퇴직 신청서를 받고 있어서 걱정이 많았거든. 차라리 잘된 셈이지. 아무튼 일단 앉아."

의자를 끌어오자마자 친구들은 자신이 줄곧 식물 반대파였음을 강변하기 시작했다. 그 식물의 위험성을 일찍부터 알아봤지만 민주주의의 구조적 결함으로 인해 선택한 적 없는 파멸을 맞닥뜨린 47.3퍼센트에 속한다는 것이었다. 나는 그들 중 세 명이 52.7퍼센트에 속했음을 기억했고, 정말로 중요한 정보도 알고 있었지만, 그저 경청했다. 현직 재무국장이 동생에게만 비밀 벙커 위치를 알려줬다고 밝혀봤자 무슨 이득이 따라오겠느냐 말이다.

프로그래머가 하나, 영업직 회사원이 하나, 프리랜서 디자이너가 하나, 물리학 교사가 하나.

세상이 망가졌는데 동네 펍에 모인 친구들이 미묘하게나마 제정신을 유지할 거라는 믿음은, 남성향 미국 코미디영화에서나 허용되는 발상이다. 세스 맥팔레인이나 잭 블랙이 찍을 만한 거. 맥주에 전 놈들이 세상을 구하는 유쾌한 언더도그 이야기…….

그런데 내 삶이 미국 코미디영화였던 적은 한 번도 없었다.

내가 이 개자식들에게 가족 이야기를 한 적이 있나 모르겠다.

"누나가 잔소리를 해. 만나면 또 할 거야. 다섯 시에 약속이 있었는데 못 갔거든."

"오늘 다섯 시에?"

"아니, 며칠 전이야. 이미 지나갔어. 그때 자느라 전화를 제대로 못 받았어. 그런데 조만간 얼굴을 보긴 봐야 돼. 놓친 약속이 아버지 기일이거든. 다른 문제도 있고."

"아버지 기일이면 좀 큰데. 하여간 가족이라는 게 죄다 그런 식이지. 우리 집도 복잡해."

원래 이런 식인가?

다시 정치 이야기로.

중우정치에 대해 열변을 토하던 프로그래머가 갑자기 모노드라마의 주인공처럼 독백을 늘어놓았다.

그런데 솔직히 말해서 이게 무조건 나쁘기만 한 상황이라는 생각은 안 들어. 어제 꿈에 돌아가신 할머니가 나왔거든. 영적인 세계는 존재해. 진짜 세계 말이야. 내 연금저축은 모두 날아갔지만, 덕분에 세상의 본질을 볼 수 있게 되었다고나 할까. 너희도 한 번만 느껴보면 내가 무슨 말을 하는지 이해할 거야. 그리고 너희는 잘 모르겠지만 악마는 실존해. 악마는 털난 짐승이라기보다는 우리 인간의 물성에, 정확히는 콧망울에 달라붙은 찌꺼기 같은 거야.

나는 심심풀이 삼아 451년 10월의 칼케돈공의회가 예수의 인성과 신성을 구분하고 또 종합한 방식을 설명해주었다. 프로그래머가 박수를 치며 좋아하더니 쿠버네티스 기술에는 부활과 종말의 묘리가 깃든 게 분명하다고, 세상의 모든 원리는 본성을 공유한다고 말했다. 나는 그 기술이 뭔지 몰랐지만 녀석이 헛소리를 하고 있다는 사실만큼은 확신할 수 있었다. 물리학 교사가 그 헛소리를 이어받아 양자역학과 결정론에 대해, 우리를 붙잡아 내달리는 운명의 흐름에 대해, 태양 흑

점의 주기성과 금융시장의 공황 사이클에 대해 떠들기 시작했다.

곧이어 디자이너가 말허리를 잘랐다. 그는 지금의 검은 꽃 사태가 총리의 성 추문을 덮기 위해 기획된 정치공작이며, 우리는 어엿한 민주시민으로서 현실적인 정치의제에 관심을 기울일 의무가 있다고 강경하게 주장했다. 한편 비밀스러운 소식통에 따르면 제2군단이 전투를 마치자마자 수도를 점령하고 정상화를 실시하리라고도 했다.

정상화를 실시하는…….

영업직 회사원이 꿈꾸듯 몽롱한 어조로 말했다. 어쨌든 사태가 진정되면 대학원에 진학할 거야. 예술가가 될 거라고. 나는 언제나 현대미술을 하고 싶었지만, 엄마가 주말마다 쿠키를 구워줬기 때문에 그럴 수 없었어. 그 쿠키에 들어간 계란은 할머니의 양계장에서 받아 온 건데, 유전자에 예술을 방해하는 운명이 새겨진 셈이지. 그걸 먹고 무릎이 나빠졌거든. (추측건대 다이어트를 하느라 미적 감각을 키울 시간이 부족해졌거니와 건강에도 문제가 생겼다는 의미인 듯했다.)

이제 내 차례였다. 나는 일단 누나를 만나볼 생

각이라고 말했다.

"만나면 어쩔 거냔 말이야."

"블로그에 글이라도 쓰지 않을까 싶은데. 누나가 좋아할진 모르겠지만."

"그건 뭔가를 하는 게 아니야. 내 말 알잖아."

타당한 지적이었다. 고위공무원들이 모인 벙커에서는 어떤 일이 일어날까? 그곳에서 나는 어떤 대우를 받을까? 아마도 지금까지와 똑같이, 혹은 더 나쁘게, 약물에 절여진 채로……. 이런 것들은 장담하기 어려운 문제였거니와 상상하고 싶지도 않았다. 때문에 나는 그냥 진정한 삶을 찾아봐야겠다고, 잘은 모르겠으나 살아만 있으면 어떻게든 될 테니 깊이 생각하진 않겠다고, 펄떡거리는 삶을 손에 쥐어본 적도 없으면서 그게 자신의 몫이란 가르침만큼은 의심 없이 받아들이는 사람처럼 중얼거렸다.

"그래서 운전을 배워야 해. 누나는 멀리 살거든."

나는 말을 끝맺으면서 괜스레 의기소침해졌다. 물리학 교사는 내가 무슨 생각을 하고 있는지도 모르면서 고개를 끄덕였다.

"운전…… 운전은 중요하지. 도로주행은 분노를

가라앉히고 영혼을 정련하는 수련이야. 가르쳐줄까?"

반가운 제안이긴 했지만, 나는 이 개자식들에게 자동차 운전을 배울 수 있으리라는 희망을 버린 상태였다. 차라리 내가 신학을 가르치는 게 훨씬 빠르고 성공적일 듯했다. 무엇보다도 다들 맥주를 들이켜느라 마스크를 벗고 있었다. 어찌나 취했는지 내가 아무것도 먹고 있지 않다는 사실조차 깨닫지 못했다. 심지어, 혹시나 싶은 마음에 차를 잘 간수하고 있는지 물어보자 두 대가 어젯밤에 불탔다는 대답이 돌아왔다. 나머지 한 대는 멀쩡하지만 골목길에서 뺄 방법이 아예 없다고 했다.

"길 꼬라지를 봐. 오토바이도 다니기 어려울걸. 일단 도로에 인간이 너무 많아. 이렇게 많은 인간이 도대체 어디서 몰려나오는지 짐작도 안 가. 거의 바퀴벌레 같아."

하지만 깊이 생각해보니 나는 오토바이를 몰 수 있었다. 두 번째 강제 입원을 당하기 직전까지 동네 마실용으로 100시시짜리 스쿠터를 끌고 다녔던 것이다(명의는 엄마 이름을 빌렸다). 나는 물었다.

"그래도 오토바이, 오토바이 좋지. 오토바이 있는 사람? 아니면 스쿠터라도……."

프리랜서 디자이너가 관심을 보였다.

“나. 바깥에 세워뒀어.”

이게 바로 내가 500시시 오토바이를 얻어낸 비결이다. 400시시의 배기량 차이가 얼마나 큰지는 모르겠지만 익숙해지면 될 일이다. 다른 선택지가 없기도 했다. 하지만 솔직히 인정하건대 사고를 내지 않을 자신이 부족했다.

속도가 올라가면 혈관이 부풀면서 온몸의 감각이 예리해진다.

몸이 정신보다 한 발짝 앞서는 느낌. 바람을 역방향으로 받아 뒤쪽이 약간 팽창한 비닐막처럼 등줄기에 달랑달랑 붙어 가는 영혼이……

하얗게 아찔 번쩍 한다.

친구들이 나한테 뭔가 물어보았는데, 질문이 무엇이었는지 긴가민가했다.

이렇게 아찔 번쩍 하니까 의사가 나한테 소견서를 써주지 않는 것이다.

솔직히 나는 두 번째로 강제 입원을 당한 후 모든 종류의 운전이(혹은 운전대를 잡은 나 자신이) 두려워졌는데, 행위 자체보다 그 행위가 필연적으로 수반하는 상태들의 실제적인 결과를 염려하는 것은 그러지 않는 것보다 건전한 태도이며, 또 한편으로는 용건이 해결되자마자 냉큼 사라질 만큼 염치없는 인간이라는 혐의도 피하고 싶었다. 그래서 밤늦게까지 펍에 머물렀다. 나름대로 뜻깊은 시간이었다. 현대적으로 변주된 정치신학 강론을 성공적으로 수행하며 나의 잠재력과 통역관으로서의 역량을 재확인했고, 친구들을 기니피그 삼아 퍼즐 놀이도 했다. 너무나도 압축돼서 기묘하게만 들리는 진술과 제정신이라면 도무지 하지 않을 주장이 어떤 기억과 감각과 인식을 전제하고 있는지 알아맞히는 것이다. 그리고 그 결과물을 재조립해서 건네는 것이다.

나는 언제나 물질세계와 상징계를 동시에 봤고, 그들이 각각 어디에 있는지 알았다.

안다면 찾아갈 수도 있었다.

어떤 사람의 믿음은 그가 태어난 곳과 불가분의 관계이며 상징계의 주소는 그 믿음의 내력이다. 회복주의 기독교 교파의 조기교육 과정을 통해 종말론을 배웠는지, 통제광 할머니와 게으른 아버지 사이에서 이중구속을 겪으며 칼 세이건의 책을 피난처 삼았는지, 금융위원회 위원장인 아버지에게 얻어맞으면서 자랐는지 같은 것들이 한 사람의 좌표를 결정한다. 이는 인간이 다음 세대를 낳는 과정이자 개인이 자기 자신을 퇴적시키는 방식이다. 가령 내가 방구석에 틀어박힌 상태로 컬트적인 정치-신학-금융 블로그를 운영한다는 사실에서 아버지의 영향을 배제하기는 어렵다. 자존심이 상하긴 하지만 인정할 수밖에 없다. 나는 나고 아버지는 아버지인 것과 별개로.

내가 떠드는 이야기들의 그물망은 거의 아버지에게서 왔다. 그런데 신기한 점은 당신께서 대외적으로 흠잡을 데 없는 인격자이자 지성인이라는 평가를 받았다는 것이다. 요컨대 거실 서가에는 키르케고르와 앨런 그린스펀이 어깨를 맞댄 채 보색대비와 같은 조화를 이루었으며 그 가운데에는 닉 랜드가 있었는데, 따라서 내가 이렇게나 영적인 사람이 된 건 아버지 덕분인데, 그런 사람이 나를 왜 때렸더라?

내가 이 모양 이 꼴이라서?

선후관계가……

나는 아버지한테 얻어맞은 스트레스로 이렇게 된 게 아니었나?

누나 때문이었나?

누나는 예쁘고 향기가 나는데 그런 사람이 날 어떻게 때린단 말인가?

그 질문이 기력을 모두 빨아들인 듯 내 안이 텅 비었다. 아무 일도 없었는데. 아무 일도 없어야 했지만 나는 친구들에게 양해를 구하고 구석 자리 소파로 가서 누웠다. 모두 돌아가고서야 겨우 몸을 일으킬 마음이 들었고 목도 마르기 시작했다. 낮에 나온 후로 지금까지 한 번도 마스크를 벗지 않았다. 나는 테이블에 남은 맥주잔들을 바라보다가 주방으로 걸음을 옮겼다. 미개봉 상태의 탄산수가 몇 박스 쌓여 있었다. 꽃가루가 묻지 않았으며 사람을 취하게 만들지도 않는 영광의 물. 콘비프 통조림과 빵 덩어리도 챙겼다. 그리고 때늦은 식사를 어디서 할까 고민했다.

가게 카운터에 지하 비품실 열쇠가 있었다.

케인스가 말하기를 인간은 장기적으로 모두 죽는다고 했는데, 그 말은 다시 쓰일 필요가 있다. 인간은 장기적으로 모두 미친다. 그러니까 내가 환기 안 되는 창고에서 먼지를 삼키며 통조림을 먹느냐, 아니면 꽃가루가 섞였을지도 모르는 공기를 들이켜면서 통조림을 먹느냐 하는 것은 필연적인 결말로 향하는 여러 경로 중 하나일 뿐이다. 하지만 케인스가 나와 같은 상황에 처했다면 창고의 먼지를 삼켰으리라는 것도 진실이다. 나는 케인스가 좋았으므로, 열쇠를 챙겨 지하 비품실로 뛰어들어갔다.

거기에 소녀가 있었다.

새까만 머리카락을 픽시커트로 자른, 나보다 한 뼘 반이 작지만 연약하다는 느낌은 결코 들지 않는, 오히려 몹시도 단단한 검은 조약돌 같은, 내가 아주 오래도록 그리워한, 검은 꽃을 짓이겨 그 향기만을 모아 담은 듯한……

이것도 진짠가?

이건 당연히 진짜가 아니다.

나는 보조기기에게 내가 왼손에 들고 있는 물건이 무엇인지 물어봤다.

이건 탄산수가 맞다.

*

초기 세팅은 레드 다이아 3-레드 하트 6(2)-레드 다이아 Q(3)-블랙 클로버 6(4)-블랙 스페이드

A(5)-레드 다이아 7(6)-블랙 클로버 3(7). 5열의 블랙 스페이드 A를 더미에 올리자 그 자리에 블랙 클로버 8이 나타난다. 4열과 6열의 카드들을 옮겨 필드에 8-7-6 체인을 만든 뒤 패를 넘기기 시작한다. 레드 다이아 10-레드 하트 2-블랙 클로버 2……

쓸 만한 카드가 영 잡히지 않는 걸 보니 게임을 너무 어렵게 짠 모양이다. 새 게임을 시작하기로 마음먹고 눈을 떴다. 여전히 소녀가 그 자리에 있었다.

소녀는 나를 똑바로 바라보면서, 자신이 정부의 비밀요원이며 재무국장의 명령을 받아 여기까지 왔음을 다시금 강조했다. 지금 당장 출발하지 않으면 큰일이 날 거라고도 했다.

뭐?

스트레스가 엄청난 모양이다.

문득 참기 어려울 만큼 갈증이 극심해지는 것을 느끼고 마스크를 벗었다. 쇳내 섞인 먼지 냄새가 콧등을 간질이는 듯싶더니 기름진 올리브와 시트러스 향기가 그 자리를 메웠다. 그립도록 익숙한 향수 냄새. 혹은 검은 꽃의 향기. 지하 비품실조차 안전지대가 아니었나 보다. 이 행동 때문에 환각이 더 뚜렷해지는 게 아닐까 걱정스럽긴 했지만, 그러지 않으면 수분 부족으로 죽을 판이었다. 탄산수 한 병을 몽땅 들이켜고 반으로 찢은 빵에 콘비프 덩어리를 끼워 샌드위치를 만드는 동안 소녀의 목소리가 왼쪽 귀로 흘러들어와 오른쪽 귀로 빠져나갔다. 배를 충분히 채울 때까지도 그 구도에는 변함이 없었다. 제2군단의 정치적 야심이고 뭐고 간에 내 관심은 저 환각을 처분할 방법에만 쏠려 있었다.

이어 하기. 블랙 클로버 10-레드 하트 10-블랙 스페이드 4……

의식의 흐름을 약간만 비튼다면 환상적인 밤을 만끽할 수 있으리라는 생각(또, 이런 상황이라면 비품실 허공에 대고 자위하는 남자쯤이야 정상인 축에 든다는 생각)이 얼핏 떠올랐지만 오래 지속되지는 않았다. 환각이 감쪽같아질수록 자중해야 하는 법이다. 만족스러운 환상에 영원히 갇히는 상황은 독아론적 낙원이라고 평할 만했지만, 나는 존엄이라는 개념을 과도하게 의식했다. 여자 때문에 미칠 시기는 오래전에 지났다. 서른여섯은 매혹적인 상대와의 섹스가 정신질환에 나쁘다는 사실을 몸과 경험으로 알 나이다. 이름난 성인聖人들이 육욕을 멀리했던 데에는 이유가 있다.

하지만 오래된 서랍에서 발견한 병뚜껑 더미를 그대로 쓰레기통에 몰아넣는 일은 과거의 자신에 대한 배신이었다. 따라서 보조기기에게 눈앞의 풍경을 묘사해달라고 부탁함으로써 소녀를 환각으로 확정하고 내쫓는 일은 무례인 듯 느껴졌다. 내킬 때만 그 존재를 재발견하고 새삼스러운 추억을 곱씹을 수 있다면 좋을 것 같았다. 어차피 들리는 말은 모두 한 귀로 흘리고 있으니까. 환각에는 질량이 없다는 것도 장점이었다. 소녀가 몇 명이 와서 앉든 오토바이가 짊어질 무게는 내 몫뿐이므로.

탄산수로 입을 헹군 다음 마스크를 썼다. 늦은 새벽인지라 도로 인파가 부쩍 줄어든 상태였다. 디자이너 친구가 빌려준 오토바이에 올라타 시동을 건 뒤 대로변으로 빠져나갔다. 오랜만에 운전대를 잡은 것치고는 주행이 꽤 매끄러웠다. 갖가지 잡동사니가 미로처럼 뒤얽힌 구간을 지나자 그나마 트인 도로가 나타났다. 충돌해 정지한 자동차들의 군도群島만 잘 피하면 평균 속도를 50킬로미터 선으로 유지할 수 있었다. 종종 급가속할 때마다 소녀가 내 어깨를 꽉 끌어안았다.

그런데 이러다가 완전히 미쳐버리면 어떡하지?

벙커에 도착한 후에도 소녀가 사라지지 않으면? 전자야 운명이라 쳐도 후자는 고민이었다. 누나는 내가 정신병자라는 이유로 사사건건 간섭하기 때문이다. 대놓고 내색하진 않았지만 내가 다른 여자와 다니는 것도 마뜩잖아했다. 지금 등 뒤에 붙어 있는 건 환각인 데다 여자이기까지 하니까 두 배로 싫어할 게 분명했다. 도착하자마자 주사를 맞게 될지도 모른다. 그 생각에 벌써 머리가 아파왔으며 꼭 벙커에 가야 하나 싶기도 했다. 도대체 컬트 블로그 운영자가 금융위원장이니 재무국장이니 총리니 하는 사람들 사이에서 뭘 할 수 있겠느냔 말이다. 그들에게는 그들의 방식이 있다.

펍에서 나눴던 대화가 떠올랐다.

누나를 만나러 가겠다고 중얼거리자 한 친구가 만나면 어쩔 거냔 말이야, 하고 물었다.

블로그에 글이라도 쓰지 않을까 싶은데. 누나가 좋아할진 모르겠지만.

그건 뭔가를 하는 게 아니야. 내 말 알잖아.

그렇게 지적한 친구는 동생과 텔레파시 통신국을 차릴 거라고 떠든 녀석이었다. 나는 친구의 미래가 나보다 어두우리라 확신했지만 나의 밝음이 승리일 거라고는 느끼지 못했다. 볼 사람만 보는 컬트 블로그를 운영하는 것보다는 통신국 건립이 훨씬 진취적이거니와, 동생 이야기를 하는 녀석은 정말로 행복해 보였다. 망상과 착란에는 그 사람이 바라보는 세계가 있다. 지나간 시간의 호흡이 서려 있다.

물론 내게 보름가량의 시간이 주어진다면 나는 친구의 몽상을 훨씬 암울한 톤으로 바꿀 자신이 있었다. 혹은 그 반대로, 통신국을 세우겠다는 기획을 새로운 제국에 대한 불변의 확신으로 바꾸어놓을 수도 있었다. 약간의 아첨과, 그럴듯한 논리와, 진실된 이해만 있다면 해내지 못할 일이 없다는 게 내 지론이었다. 긴 대화 끝에 사려 깊은 침묵을 던져 놓고 그 스스로 결정하게끔 한다면. 혹은 강력한 확신을 모델하우스 인테리어처럼 보여줌으로써 관람객을 매혹시킨다면.

다만 문제는 이런 마술을 거울 앞에서 부릴 수 없다는 점이었다. 나는 눈앞에 있는 사람의 배열은 얼마든지 만지작거릴 수 있었지만 내 일에 대해서는 완전히 손을 놓고 지냈다. 스스로 이발하지 못하는 모든 사람의 머리카락을 다듬어주는 이발사처럼. 그리고 내가 가는 벙커에는 모두의 머리를 똑같은 형태로 깎는 삭발

기계들이 숨어 있었다. 따라서 나는 가위를 내려놓고 삭발당하는 삶과 가위를 쥔 채로 남의 머리카락만을 손보는 삶 중 택일해야만 했는데, 지금 같은 상황에서는 후자도 나쁠 게 없어 보였다. 내가 더는 미치지 않으며 사람들도 적당히 미친다는 전제하에서만. 아무리 뛰어난 통역관이라도 오랑우탄과 고래를 중개할 수는 없으니까.

비서의 배터리 잔량이 정확히 70퍼센트였다.

공기청정기의 배터리도 그쯤 남았을 것이다.

벙커에는 전기가 충분할까?

글쎄.

비상용 전력이 있더라도 오래 갈 것 같진 않았다. 취수장을 둘러싼 싸움에서 승리를 거둔 것이 제2군단이든 수도방위군이든 혹은 제3의 세력이든 간에, 익숙한 삶을 되살리려는 노력은 대체로 허망해 보였다. 꽃이야 6월만 지나면 알아서 떨어질 것이며, 한해살이 풀이므로 겨울에는 말라 죽겠지만, 말라 죽은 자리에서 싹이 새로 움튼다 해도 개화하기 전에 뽑을 수 있겠지만, 자연의 힘에 기댈 부분은 여기까지다. 도대체 어떤 힘이 망가진 자동차를 치우고 도로를 정비할 수 있을까. 멈춘 발전소를 작동시키고, 불타 앙상해진 송전탑을 다시 세우고, 제철로를 가동시키고…… 극자외선 노광장비를 허공에서 조립할 만한 힘. 그 힘에 대한 생각은 불길한 사실 하나만을 상기시킬 뿐이었다. 인간은 자신이 발 디디고 선 땅을 모두 소진해버렸기 때문에 우주로 떠날 수밖에 없게 되었다는 사실…….

아주 정교한 컴퓨터는 집적회로 한 개의 오류로 인해 모든 시스템이 망가질 수 있다.

로마가 무너진 후 인류가 제국의 기술을 다시 따라잡기까지는 수백 년이 걸렸다.

여기까지 오면서 본 것들은 모두 산더미 같은 쓰레기였다. 잘려나갔지만 여전히 싱그러운 검은 꽃들, 선로 위에 정지한 고속열차, 서로 224피트 7인치만큼 떨어진 두 마천루에 양 날개를 비스듬히 걸친 상태로 도심 한복판에 거대한 그늘을 드리우는 비행기, 비상탈출용 낙하산을 메고 비행기에서 떨어지는 인간들의 행렬, 그들의 주머니에서 따로 따로 따로 떨어지는 휴대폰, 왜인지 모르게 (인체에 무해한 친환경 잉크로 항공사 로고가 인쇄된) 냅킨도 떨어지고, 백만 개의 도플갱어가 있을 듯한 봉제 인형과 메탈릭 퍼즐, 플라스틱 잡동사니

들을 담기 위해 제작된 플라스틱 정리함을 정리하기 위해 고안된 플라스틱 선반, 깨진 유리창 너머의 깊은 어둠, 새 둥지의 재료로 쓰일 법한 담배 필터 무더기, 빗줄기에 축축해져 곰팡이로 뒤덮인 휴지 더미, 크리스털 병들이 온통 깨지고 흩어져 향기로운 석영 동굴로 변한 향수 가게의 내부, 1달러 숍의 씨앗 봉투를 뚫고 자라나 아스팔트에 뿌리내리는 상추 줄기, 도축장에 매달려 썩어가는 소의 몸뚱이, 죽은 사람. 처음 바깥에 나왔을 때는 세상이 바뀌었다고 생각했지만, 다시 보니 산 사람들마저도 이 풍경의 일부였다. 인터넷과 상점가에서 하던 일을 길거리로 나와서 하고 있을 뿐이었다. 백화점에서 구매할 수 없으며 팝스타도 알려주지 않는 초월적인 망상을 찾아 헤매느라 시장과 방송가를 떠도는 오래된 무목적성이 관성으로 남아 그들을 움직이는 듯했다. 혹은 대안적인 망상을 찾아 컬트 블로그들을 구독하지만 결국 뭘 하겠다는 것인지 알 수 없는 중얼거림에 만족해버리는 사람도 있었다. 실제로 벌어지는 일은 다양한 종류의 게임 플레이 영상 중 하나를 골라 멍하니 바라보는 것뿐인데도 단지 패널 버튼이 눌려 들어간다는 사실에 전능감을 느끼는 어린아이들. 그런 어린아이들로 가득 찬 세계는 언젠가 무너질 수밖에 없으며 그들은 세계를 다시 창조하지도 못한다.

다만 나는 그들에게도 뭔가 새로운 방법이 있을 거라고 생각했다.

물론 내게도…….

나는 어디에서 출발해 어디로 가고 있는 걸까?

"정지, 정지! 손 들어! 움직이면 쏜다!"

철조망 앞에 선 군인들이 나를 막아 세웠다. 등 뒤에 타고 있던 소녀는 어디론가 사라지고 없었다. 나는 모르는 사람에게 환각을 소개하는 취미가 없으니까 그 점은 다행이었다.

*

당연하게도 나는 답어를 몰랐으며 내가 누구인지, 용무가 무엇인지도 설명할 수 없었다. 군인들은 한동안 수군거리더니 나를 낯선 건물로 데려갔다. 가는 길에 검은 꽃이 만발해 있었다. 얼핏 들리는 말로 판단하건대 군인들은 제2군단 소속이었다. 혹시 취수장 근처에서 벌어진다는 전투가 벙커와 관련이 있나? 혹은 환청인가? 전술목표를 정리해둔 벽면 게시판에 누나의 사진이 붙은 걸 보면 아마도 전자였다. 내 기억이 시작될 때부터 지금까지 누나는 머리카락을 픽시커트로만 잘랐다. 시간이 시간이다 보니 나이 든 느낌이 있었지만, 여전히 아름다웠다.

장교가 내게 묻기를 여기까지 온 이유가 무엇이냐고 했다.

나는 이들이 무슨 꿈에 사로잡혀 있는지, 애당초 벙커의 존재를 알고 있기나 한지가 궁금했다.

장교가 말하기를 제2군단 제15보병사단 제38보병여단 제2대대의 책무는 여기를 지키는 것이라고 했다.

여기 있는 사람 중 아무도 방독면을 쓰고 있지 않았다.

결국 여기엔 도대체 뭐가 어떻게 되어가는지 모르는 사람들이 모인 셈이었는데, 구태여 비교하자면 내가 그나마 나은 듯했다. 나는 여기에 벙커가 있으며 벙커에 들어가면 약을 먹게 되리라는 것을 알았다. 따라서 벙커는 정신병원이었다. 나는 내비게이션이 가리키던 방향을 떠올리며 앉은 자세로 몸을 약간 틀었다.

바로 앞에 정신병원이 있어. 내가 입원했던 곳

인데…….

그들이 나를 비웃더니 제 발로 정신병원에 들어가는 이유를 물었다.

나는 그들을 오늘 처음 만났으므로 상징계의 좌표를 역산할 수 없었고, 그래서 그냥 나 자신에게 해야 할 말을 중얼거렸다. 그건 내가 블로그에 쓰던 글과 비슷했지만 논조가 달랐고 좀 더 거칠었다. 쓰는 사람조차 의미를 모르고 각별한 사연을 부여하고 싶지도 않지만 그저 손에서 발사되기 때문에 이끌리고 마는, 다만 지침이라는 사실만큼은 확실한 말들. 재정경제학이나 금융시스템 따위는 어떻게 보면 신학의 등가물이야. 땅이 있다고 가정함으로써 땅을 만드는 방식이야. 그 위에 성냥개비로 탑을 세운다고 해보자. 사람들은 탑을 쌓고 무너뜨렸다가 다시 쌓기를 반복하지. 세대를 이어가면서 말이야. 그런데 너무 높은 탑에서 태어난 사람은 땅으로부터 과하게 멀어진 나머지 땅을 다시 만들 수 있다는 사실을 잊어버리는 것 같아. 그래서 무너진 탑을 처음부터 다시 쌓는 방법도 모른 채 그냥 살게 되는 거야. 하지만 삶은 살아만 있다고 해서 어떻게든 되는 게 아니야. 이사를 결심할 때 비로소 등장하는 물건들처럼, 삶이란 가지고 있더라도 발견하지 않으면 누릴 수 없는 거야. 이 세계는 너무나도 많은 것을 만들어내느라 할아버지 세대가 찬장과 장식장과 침대 밑 상자에 간직한 골동품들을 잊어버린 거야. 어디에서부터 시작해야 할지 알 수 없다면 그거라도 먼저 꺼내 쓰는 게 좋아. 꺼내 써야 해. 아무리 멋대로 하고 싶다고 해도, 멍청한 짓을 할 자유가 있다고 쳐도 내가 왜 그러는지, 무슨 목적으로 그러는지는 확실히 알아야 하는 거야. 그리고 궁극적으로는 이 모든 게 망상이라는 걸 알아야만 망상을 제압할 수 있는 거야.

그러니까 나는…… 내가…… 아무 의미도 없는 글을 쓰면서 놀 나이는 지났다고 생각해.

네 명 정도는 감격한 표정을 지었지만 나머지는 하나도 이해하지 못한 모양이었다. 그들은 나를 계속 비웃더니 오토바이를 돌려줬다.

"죽으러 간다잖아! 그냥 보내줘!"

나는 시동을 걸면서 방금 마주한 군인들을 생각했다. 세상은 여기에서 끝나는 걸까?

최소한 네 명이 있었다. 잘만 하면 세상의 끝자락을 주물러 나만의 땅과 탑을 만들 수 있으리라는 생각이 들었지만, 조롱을 등지고 나와서인지 이런 야심은 정신 나간 듯 느껴졌다. 나는 자신만만했지만 의기소침했다. 그리고 어떤 면에서는 부끄러웠다.

그건 당연하게도 아버지의 장례식에 참여하지 못했기 때문이다.

아무리 그래도 기일에는 들렀어야 했다.

하지만 반드시 그럴 필요는……

머리가 또다시 아찔 번쩍 했고 소녀가 생각할 필요 없다는 듯 나를 끌어안았다. 부드러운 손길이 더할 나위 없이 좋았다. 아주 오랜만에 관계가 역전됐다는 느낌도 들었다. 먼 과거의 기억. 서로의 존재가 동시에, 동일한 템포로 박동한다는 사실을 감각하고 싶을 때마다 나는 동작을 잠시 멈추고 여자의 배를 어루만지듯 슬쩍 누르곤 했다. 크레이프케이크처럼, 침대 시트 위에 여자의 부드러운 살과 내 일부가 겹겹이 쌓이는 시간…….

나는 그 감각에 도취되었지만 이 모든 관계를 어딘가에서부터 끊어낼 필요가 있음을 느꼈다. 서른여섯은 어른이 되어도 한참 전에 되어야 했을 나이, 자신의 존재를 출발점에만 고착시켜서는 안 될 나이였다.

나는 꽤 긴 시간을 병원에서 허비했으며 이곳저곳으로 도망치곤 했지만 그걸 감안하더라도 서른한 살 아래로 내려갈 수는 없었다.

(마지막으로 섹스한 것도 그때였다. 피차 술김이었다. 축하용 와인만 아니었더라면 그런 짓은 하지 않았을 것이며 재발도 없었을 것이다. 기계번역 검수 일에 만족하고 가끔씩 현대미술 전시회를 구경하며 문화 시민이 된 기분을 만끽하는 삶. 그래서인지 누나는 내 마지막 기회가 서른한 살에 지나갔으며 그 후의 생은 관성에 따라 움직이는 껍데기에 불과하다는 인식을 강요했다. 죽은 연어 떼가 강물을 따라 흘러내려 오듯. 하지만 살아 있는 쪽은 언제나 나였다…….)

목적지가 코앞이었다. 바로 이 결정적인 상황에서 내비게이션이 들어맞지 않는 느낌이 들었고, 물리 세계의 사물들과 상징계의 좌표가 이상하게 어긋나는 듯했다. 그건 인공위성 기반 위치 정보의 결함이라기보다는 내 문제일 수 있었다.

목적지에는 정말로 병원이 있었다.

나는 병원 문턱을 밟으며 서른한 살로, 열여섯 살로 되돌아갔다.

텅 빈 병원은 전기가 차단되어 을씨년스러운 분

위기였다. 동터오는 하늘의 희미한 빛이 전등불 대신 나를 이끌었다. 나는 천천히 병실을 한 바퀴 돌아보았고, 병상에 걸터앉아 오후 두 시마다 햇빛을 쏘아대던 마천루의 유리창을 바라보았다. 아직 치워지지 않은, 아마도 영원히 쌓여가기만 할 모서리의 고운 먼지들과 얼룩을 확인했다. 소란을 부리는 환자를 묶어 가두는 방에 들어갔다가 나왔다. 1층으로 내려가 음료수 자판기를 마주하는 순간 잊고 있었던 갈증이 되살아났다. 오래전의 그 스포츠드링크를 고르자 자판기 전면의 전광판이 휙 돌아가며 광고사진을 보여주었다. 그러나 전속모델의 얼굴은 기억 속 소녀와 달랐다. 거기에는 완전히 다른 여자가 있었으며 내 등을 톡톡 건드리는 소녀는 누나였다.

"어, 알아."

나는 뒤를 돌아보지도 않고 심드렁하니 답했다.

처음부터 알고 있었다.

딱히 알고 싶지 않았던 게 문제였을 뿐이다.

그래도 어쨌든 여기까지 왔으니까…….

나는 음료를 모두 마셨다. 시트러스 향에 올리브 특유의 짠맛이 섞여 있었다. 음료수 자체의 맛인지, 누나의 땀과 향수인지가 살짝 궁금해졌지만 만족했으니 상관없었다. 몸에서 환각만큼의 무게가 덜어져나가며 약간 홀가분해졌다. 가벼워진 몸이 흔들리고 있었다.

*

꿈인가?

꿈이라면 어디에서부터?

지하 비품실에서부터.

지상에는 아직 검은 꽃이 즐비하다.

이건 현실이다.

*

나는 펍 구석 자리 소파에서 눈을 떴다. 친구들이 나를 흔들어 깨우고 있었다. 아까 들은 이야기가 감명 깊어서 사람들을 불러왔다며, 한 번만 더 해달라며 부탁하는 중이었다. 새로 온 사람은 여덟 명. 네 명에서 열두 명이 되다니. 앞으로의 증가 폭이 등비수열일지 등차수열일지 궁금할 뿐, 벙커에 대한 생각은 희미했다. 누나도 내가 죽었으려니 할 것이다. 만약 재회한다면, 글쎄, 그때 가서 고민해보자.

유일한 문제는 갈증이었다. 나는 잠시 마스크를 벗고 물을 마시며 묵상했다.

이 모든 사변이, 죄와 구원과 자유와 돈과 시장에 대한 생각이 누나와의 섹스를 들켜서 아버지에게 잔뜩 얻어맞은 사건 때문에 시작되었다니 웃긴 일이다. 너무 웃겼기 때문에 결코 인정하고 싶지 않았던 모양이다. 나는 좀 더 그럴듯한 기원이 있기를 바랐다. 낯선 목소리를 따라 시나이산 꼭대기로 올라가자 눈부신 빛이 보인다거나.

하지만 내 시대에, 나만큼이나 미치려면 다른 방법이 없었던 것이 사실이다. 조금이라도 멀쩡히 살았더라면 금융공기업 직원이나 채권 딜러가 되었을 것이다. 혹은 평범한 유형의 망상적 열정에 사로잡혔을 가능성도 있다. 기질만으로 끝나는 일은 없으며 모든 완성에는 시간과 경험이 필요하니까. 그러니까 바로 그 사건 때문에 나는 죄와 구원과 자유에 대해, 돈과 시장—단지 그것이 아버지의 영토라는 이유만으로—에 대해 집요하게 생각하게 된 것이다. 그리고 어느 순간부터인가 가속도가 붙어 사변들이 그 자체로 추진력을 얻은 것이다.

그래서 나는 여기까지 왔다.

여기까지 왔는데 무엇이 더 중요하단 말인가?

근동의 예언자들이 들은 아버지의 목소리는 황야의 메마른 열기로부터 왔을 것이다. 다니엘 슈레버의 영적 비전은 그의 아버지가 개발하고 착용시킨 자세 교정 도구로부터 왔다. 모든 각성의 시작은 정말이지 별것 아니거니와 가끔은 추레하기까지 하다. 그러나 다행히 슈레버와 달리 내 사연을 아는 사람은 거의 없다. 누나가 내게 실제로 무엇이었는지와 상관없이, 나는 순수히 감사하면 그만이었다.

내 광적인 기질에게……

내 오래된 동반자와 정신적 스승에게……

내 정신을 내리쳐 정말이지 신기한 형태로 바꾼 사람들에게……

나를 사랑하고 돌봤거나 나를 병자로 만들어 가둔 사람들에게…….

어떤 사람에게는 원수와 은인이, 적과 아군이 뚜렷이 나뉘겠지만 나의 경우 그런 구분이 가능할 것 같지 않았다. 나는 다만 진심으로 사랑하고 감사했다.

물론 현실적인 문제를 따져볼 필요도 있었다. 나는 앞으로도 종종 비둘기가 드론이 아닌지 의심할 것이고, 수염이 벌레의 더듬이로 바뀌는 장면을 볼 것이고, 누나의 부름을 받을 거였다. 그리고 아직, 검은 꽃이 도시 전체를 융해시키는 중이었다. 재건을 위해서는 파괴가 필요하지만 최소한의 형체는 남아야 한다.

우리가 여름까지 버틸 수 있을까? 꽃이 완전히 시들 때까지? 그 후에는 망가진 세계를 어디까지 재건할 수 있을까? 확신은 없었다. 내가 두 달 주기로 움직인다는 점을 생각하면 실제로 허락된 시간은 더 짧았다. 다만 인간은 장기적으로 모두 미치므로, 나는 그 사실에 좌절하기보다는 끝까지 밀어붙이고자 마음먹었다. 그리고 나를 기다리는 네 명과 여덟 명의 사람들을 향해 일어섰다.

토끼-오리가 있는 테마파크

에세이

세 개의 단편과 슬립스트림이라는 장르

「한 개의 머리가 있는 방」은 2019년 8월에 쓴 것을 약간 고쳤다. 대체로 사람에 대한 이야기다.

「제발!」은 2019년 5월에 쓴 것을 약간 고쳤다. 여러 방향으로 읽을 수 있도록 쓰긴 했지만, 완성한 다음부터는 세계 주변부에 속한 개인들과 식민지 담론을 생각했다. 뉴욕 이민자가 된 제3세계인들에 대해서도. 한편 누나가 보낸 수표를 불태우는 가족들의 이야기는 『소리와 분노』(윌리엄 포크너 지음, 공진호 옮김, 문학동네,

2013)의 제이슨 파트에 뿌리를 둔 것이다. 그렇다면 누나는 사티아 나델라가 된 캐디 콤슨이거나 레베카다.

「Called or Uncalled」는 유일하게 2024년에 쓴 것이다. 김사과의 『하이라이프』(창비, 2024)를 읽은 후 떠오르는 대로 쓰기 시작했을 뿐, 쓰는 동안에는 다른 작가들을 결코 의식하지 않았지만, 모두 쓴 후에는 포크너와 버로스와 브렛 이스턴 엘리스……의 영향력을 다시금 확인했고, 내 글쓰기가 어디로 가는 중인지를 깊이 생각해야만 했다. 제목은 이야기를 다 쓴 다음 칼 융의 말을 빌려 붙였다. 마찬가지로 쓰는 동안에는 정신분석학적 테마들을 전혀 의식하지 않았다(놀랍게도).

세 단편은 모두 SF로 간주될 만하지만, 나는 '슬립스트림'이라는 용어를 선호한다. 브루스 스털링의 정의에 따르면, 슬립스트림은 SF와 판타지 그리고 제도권 문학의 요소들이 유기적으로 결합하며 기묘함strangeness을 자아내는 장르를 일컫는다. 각각의 성질이 동시에 존재하는 것이 아니라 유기적으로 결합함으로써 독자적인 영역을 만들어낸다는 사실이 중요하다. SF의 경이감sense of wonder이 어떠한 인지적 돌파로부터 지적 쾌감을 얻는다면 슬립스트림의 기묘함은 현대 기술문명의 요소들을 뻔뻔하게 재조립하는 데에서 온다.

그러니까 나는 슬립스트림을 쓴다. 이렇게 단언할 만한 이유는 크게 세 가지다.

첫 번째. 나는 (앨프리드 배스터와 할란 엘리슨과 로이스 맥마스터 부졸드의 애독자로서 SF 장르의 오랜 팬이지만, 그 이상으로) 밸러드와 버로스에게서 많은 영향을 받았으며, 종종 돈 드릴로의 것을 닮은 글을 쓴다.*

두 번째. 나는 고딕 문법에도 익숙하다. 『나사의 회전』(헨리 제임스 지음, 최경도 옮김, 민음사, 2005)류의 고딕 호러라든지 포크너류의 남부 고딕이라든지. 고딕 내러티브는 혼란스러운 면이 있긴 하지만, 핀천이나 버로스류의 포스트모더니즘 내러티브에 비하면 훨씬 직선적이다. 그래서 나는 고딕의 요소를 뼈대로, SF의 소도구들을 근육으로 삼아 글을 쓰곤 한다. 물론 가끔은 SF의 문법이 고딕적으로 재해석될 때도 있고 고딕의 소도구들이 SF적 탈을 빌려 쓰고 나타날 때도 있다.

* 세 작가의 소설 중 일부는 SF-판타지로 분류할 수 있지만, 그들의 세계가 전통적인 황금기 SF는 물론이고 뉴웨이브 SF와도(그리고 이후의 사이버펑크와도) 상당히 다르다는 사실은 자명해 보인다. 한편 그들을 포스트모더니즘의 자장 안에만 가두기에도 애매하다. 가령 돈 드릴로는 포스트모더니즘 작가로 분류되지만, 기술적으로는 미국 상징주의의 문법을 많이 빌려 쓴다.

세 번째. 나는 기술과 시장의 복합체가 작동하는 방식에, 그 복합체로서의 도시에, 도시의 주변부와 중심이 상호작용하는 방식들에 그리고 인간들이 그 도시의 부속물로 활용되는 방식들과 그 인간들의 내면에 굉장한 관심이 있다. 우주…… 누군가는 가고 싶겠지! 난 아니다. 내가 보기에는 현대의 금융-기술과 인간의 내면이야말로 광막한 어둠과 무수한 돌덩어리와 물리학적 수식 이상의 신비다.

이건 뭔가 유별난 걸 한다고 빼기는 게 아니라, 건조한 사실적시다. 정확히 말하면 나는 스스로를 꾸미기보다는 슬립스트림이라는 용어에게 정당한 자리를 돌려주고 싶다는 마음이 크다. 한국 SF의 역사에서 그것은 경멸에 가까운 느낌으로 쓰일 때가 많았고(모 비평가가 모 작가의 글을 슬립스트림이라고 불렀을 때, 거기엔 분명히 멸시가 함축되어 있었다), 제도권 문학의 영역에서 슬립스트림을 쓰는 작가들에 대해서는 그 슬립스트림-성性이 거의 주목되지 않았다. 그건 정말이지 애석한 일이다.

세계와 인물에 대하여

비단 이 책에 수록된 단편만이 아니더라도, 내 글을 여럿 읽어보신 독자분들께서는 몇 가지 특징이 글에서 굉장히 반복적으로 나타난다는 점을 알 것이다. 공용화폐 혹은 보조화폐는 RBD고(이것은 'RothBard Dollar'의 약자이고, 로스바드는 당연히 모두가 아는 그 사람이다) 대기업의 이름은 세강이거나 이모지 제국이거나 센스/네트거나 덱스컴인데, 여타의 고유명사들은 현실의 것과 실존하지 않는 것이 마구잡이로 뒤섞여 있다. 가령 나는 오시코시가 세단을 만들고 크라이슬러와 마루티 스즈키가 같은 주차장에서 자연스럽게 발견되는 시공간, 세계질서가 재편됐지만 실제로는 지금과 큰 차이가 없는 시공간을 상상한다. 그곳의 등장인물들은 묘하게 한국적이지만 그렇다고 해서 한국인의 이름이라고 확신하긴 어려운 이름을 쓴다. 건록이라든지 나울이라든지 금수산이라든지. 그리고 성씨는 대체로 없다.

어떤 독자들은 이런 특징을 근거 삼아 '이 시공간의 세목'을 묻곤 한다. 그리고 나도 내 장편소설들의 관련성을 시사한 적이 있다. 하지만 그것은 일관적인 시공간의 상像이 존재한다는 의미는 아니다. 시공간 만들기 작업이란 그냥 일정한 규칙하에 각 명제를 조합하는 패스티시 놀이다. 총론에는 일정한 격률과 규칙이 있지만 각론들은 무작위적으로 배치되었을 뿐이다. 식단에 비유하자면, 나는 몇 그램의 단백질과 탄수화물과 지방이 있어야 할지에 대해서는 규칙을 정해두지만 그것을 채우는 방법에 대해서는 엄격하지 않다. 탄수화물은 귀리로 채울 수 있지만 현미로 채울 수도 있다. 곡류가 들어가야 할 자리에 소시지 따위가 있는 게 아니라면.

달리 말하면 나는 현실의 각 요소를 잘라낸 다음 조각보를 만들듯 적절한 규칙하에 다시 붙임으로써, 철저히 현대적이지만 우리가 살아가는 현대는 아닌 무언가를 만들고 있다. 물론 거기에는 일정한 구체성이 요구되겠지만, 그 구체성은 서사적·의미적·구성적 필연성과 함께해야 한다. 가령 「Called or Uncalled」의 성격을 감안하면, 작중의 검은 꽃이 어떤 생물학적 기전을 통해 작동하는지 쓸 이유는 거의 없는 것처럼 보인다. 또한 이 단편에 등장한 요소들을 다른 단편에서 재활용할 경우에도 기존 작품과의 일관성을 지킬 의무가 있다고는 생각하기 어렵다. 독립된 글의 각 요소가 내적 일관성과 정합성을 지니고 정렬되기만 하면 다른 작품이야 아무래도 상관없다.

개별적인 인물에 대한 것도 비슷하다. 기존에 발표한 장편인 『개의 설계사』(아작, 2023)의 주인공과 『인버스』(마카롱, 2022)의 조연은 또 다른 경장편인 『세계는 이렇게 바뀐다』(사계절, 2023)에 카메오로 출연하지만 그렇다고 해서 그들이 동일인이라거나 동일인이 아니라고는 말할 수 없다. 그리고 각각의 세계는 충분한 유사성을 지녔다고 볼 수 있을 만큼 겹쳐 있지만 독립적이며, 한편으로는 완전히 다르다.

이 역설은 낯설어 보이지만 사실은 많은 창작물(주로 만화)에서 발견되는 것이다. 가령 하승남의 만화 세계에서는 등장하는 인물들이 사실상 고정되어 있다. 주인공은 유세옥이고, 페어를 맺는 여성 인물은 취록이며, 보조적인 인물로는 독고화인과 사마지인이 있다. 이들의 성격과 각종 상태(직업, 나이, 신분……)는 작품에 따라 조금씩 다르지만 큰 틀에서는 일정한 폭 안에서 진동하고, 서사적 기능 또한 그렇다. 그렇다면 『골통폭주무림』(미스터블루, 2015)의 유세옥과 『흑도마인』(미스터블루, 2023)의 유세옥은 어떤 관계를 맺는가? 다른 유세옥인가, 그럼에도 불구하고 같은 유세옥인가? 또한 하승남이 그리는 시공간들은 무협적 배경을 거의 완벽하게 공유하는데(물론 무림맹이 황금성이 된다거나, 일월신교가 혈교가 된다거나 하는 변주는 항상 일어난다. 그러나 그들의 서사적 기능마저 고정 폭 내에서 진동하기 때문에 구체적인 표현은 크게 상관이 없다) 그 시공간과 시공간에 속한 인물들은 어떤 관계에 있는 것인가?

여기에 대한 간략한 응답은 (분석철학이 아니라 창작의 관점에서 접근하자면) 그런 건 애당초 따질 이유가 없다는 것이다. 중요한 것은 유세옥이 유세옥이라는 사실 그리고 앞에 언급된 작품들이 개별적으로 완결성을 지닌다는 사실이다. 고정 폭 안에서의 진동은 확률론적으로(또한 중층적으로) 관계 맺고 조합됨으로써 단독적이고 개별적인 논리를 생성하고, 이야기는 그 논리하에서 자동적으로(또한 필연적으로) 결정된다. 이러한 조합과 결정의 과정이야말로 창작이다. 조합을 이루는 각 요인을 따로 떼어내 관측하는 것이 아니라. 달리 말하면 인물과 시공간은 글을 만들기 위한 톱니바퀴 중 하나일 뿐이고 다른 톱니바퀴들과의 맞물림 속에서 비로소 고유한 의미를 생성하는 것이지, 작품 세계로부터 분리해 그 자체로 이야기할 만한 것이 아니다.

다시 내 작업에 대한 이야기로 돌아가자. 나는 온종일 현대의 캐리커처를 그리고 있으며, 그 시공간들은 과거와 미래에 대한 인식이 희박한 상태로 놓여 있다. 그것은 무국적성과 무시간성에 사로잡힌, 어떤 거대한 지정학적 격변에 휘말려 있지만* 개개인으로서는 그 여파를 실감하기 어려운, 다만 유리를 두른 마천루와 구획을 조직하는 경계선으로서의(그리고 도시라는 거대한 몸체의 핏줄인) 도로를 유일한 상상력의 기반으로 삼는 무중력의 공간이다. 확장된 신체이자 도시의 적혈구이자 팔루스인 자동차…… 인간이 상상했지만 감히 지배하지는 못할, 자율적인 권세로서의 금융시스템…… 인적자원들과 이익 극대화의 규칙들…… 정념을 파는 시장 속에서 무언가 인간적인 것을 찾아다니지만 불만족하는 즉시 계산기를 꺼낼 준비가 된 사람들…… 그리고 이 모든 것을 가능케 하는 기술과 욕망 들……의 연결망……. 나는 그 연결망의 질서(혹은 충돌)를 기록하는

* 「Called or Uncalled」에서 '개즈든 연합군 장교'가 언급되는 것처럼. 이 세계의 미국에는 무언가 큰일이 일어나고 있는 것처럼 보인다.

작업에 굉장히 관심이 많다.

다른 생각이 없어서 윤리와 정치 생각을 너무 많이 하고 있음

어떤 사람들은 내 글쓰기가 반윤리·반사회·폭력성을 목적한다고 착각하는데 이유를 잘 모르겠다. 내가 쓴 거의 모든 글은 윤리 혹은 정치에 대한 글이다. 여기에 수록된 세 개의 단편 모두가 그렇고, 이전에 썼던 소설들도 마찬가지다. 물론 이건 소설을 통해 실제적인 윤리·정치적 효과를 기대한다는 소리가 아니고, 정교한 담론을 펼치겠다는 소리도 아니다. 애당초 나는 소설 그 자체의 힘을 믿는 편이 아니다—정확히 말하자면, 텍스트 포맷의 역능에 대해서는 강력한 신뢰를 가지고 있지만, 그 역능이 2020년대의 한국 사회에 가할 수 있는 힘에 대해서는 회의하는 편이다.

이건 가라타니 고진이 동원한 논리들에 기댈 필요도 없이, 시장규모만 보더라도 자명한 진실이다. 한국에는 오천만여 명의 국민이 있다. 그러나 한국문학

시장은 초쇄 2천 부가 고정적으로 나가는 신인작가가 루키 대우를 받는 곳인데…… 그리고 소비자들은 대체로 자신에게 맞는 것을 구매하기 마련인데…… 아주 유명한 한국문학 출판사들의 매출 규모는 회원제 골프장보다 작은 수준인데…… 여기서 무슨 이야기를 해보았자 내 집 거실에서 마음 맞는 친구와 떠드는 것 이상의 효과를 내긴 어렵다. 그렇다. 소설을 통해 연대를 상상한다는 것은 친구와(그리고 친구가 손잡고 싶어 하는 누군가와) 손잡는다는 것이다. 윤리를 모색한다는 것은 친구와 함께 세상의 비참을 바라보며 어떤 대안을 상상한다는 것이다……. 그러니까 내 집 거실에서, 내 의견을 듣기 위해, 시간과 돈을 써서 나를 찾아온 사람들을 상대로…… 하지만 세상을 바꾸려면 날 찾아오지 않는 사람들한테 먼저 찾아가야 하지 않나?

(너무 경멸적인 말처럼 들릴지도 모르겠지만, 나는 텍스트의 힘을 믿기 때문에 경멸하는 것이다. 기대하지 않으면 경멸하지도 않는다.)

그럼에도 불구하고 나는 소설을 통해 윤리 혹은 정치 이야기를 하는 중이다. 구태여 그 까닭을 읊자면, 현대의 조건들—기술, 시장, 금융, 도시화, 호모에코노

미쿠스—에 대한 이야기는 그 자체로 윤리 혹은 정치 이야기가 되기 때문이다. 그리고 사실은, 관심을 가지고 떠들 만한 주제가 그것 외에 거의 없기 때문이다.

집에 TV가 없었던 세월이 거의 서른 해에 가까워지고 있다. 아이돌부터 쇼 닥터까지를 포괄하는 모든 종류의 매스미디어 엔터테이너, 일본 만화영화, 1990년대 이후의 거의 모든 만화(『saga』 시리즈와 무협 만화들을 제외하고), 2000년대 이후의 거의 모든 영화, 캐릭터 산업, 유튜버, 다 모른다. 너무 무식하게 살고 있다는 생각에 인기 있거나 관심 가는 만화책을 몇 종류 사놓긴 했지만 역시나 안 읽는 중이다. 그냥 안 봐서 모르기 때문에 구체적이고 개별적인 사안들에 대해서는 할 말도 없다. 다만 과거에 〈Fear Factor〉와 〈The Jenny Jones Show〉 등을 접하며 느낀, 문화산업에 대한 광범위한 거부감이 핵심 정서로 자리 잡았을 뿐이다.*

물론 나는 모든 여흥으로부터 멀찍이 떨어져 도

* 내가 소설에 쇼 엔터테인먼트의 요소들을 상당히 자주 등장시킨다는 점을 감안하면 이 진술은 굉장히 의아하게 들릴 수 있다. 이는 부재로 인한 현전으로 이해할 수 있지 않을까 싶다. 철저히 거부하는 까닭에 발생한 공백의 형상은, 그것 자체의 형상이다.

를 닦는 수도자가 아니다. 오히려 어쩔 수 없는 현대인이므로, 〈디아블로 3〉의 부두술사 플레이와 몇몇 게임들의 스탯 최적화를 위한 이론적 계산에 대해 꽤 잘 떠들 수 있다. 플레잉 카드를 활용하는 게임들과 오토체스 장르 게임도 곧잘 한다. 시간이 난다는 전제하에(요새는 워낙 시간이 없긴 하다). 시간이 충분히 넉넉했던 시절에는 메모리 후킹과 글리치Glitch 놀이에도 취미가 있었다. 그러나 이런 주제들은 그 자체로 다루어야 즐겁지 굳이 문학이라는 무대를 빌릴 필요가 없는 듯하다. 내가 블루그래스Bluegrass music를 즐겨 듣는다는 사실 또한.

이렇게 '모르는 것'과 '알지만 말하기 애매한 것'들을 제하면, 인간과 기술과 시장과 정념과 이익 극대화에 대한 추상들이, 현대의 조건들이 남는다(여기에 더해 신학적인 고려도 있지만, 그 주제를 이 자리에서 풀어놓기에는 이야기가 너무 길어질 것 같다).

다시 원점으로 돌아가서, 윤리 혹은 정치가 남는다.

그래서 나는 소설에서 윤리 혹은 정치 이야기를 주야장천 하고 있는데……

테마파크를 위에서 내려다보면 토끼-오리가 등장한다는 사실

상황이 어떻든 간에 누군가가 돈과 시간을 들여 내 집까지 찾아왔다는 것 그리고 내 이야기를 경청해준다는 것은 고맙기 그지없는 일이다. 그래서 나는 집을 최대한 재미있게 꾸미려 노력한다. 관건은 재미의 종류다. 『내 총이 빠르다』(미키 스필레인 지음, 박선주 옮김, 황금가지, 2005)의 직선적인 즐거움은 높이 살 만하지만, 즐길 거리가 많아지려면 그 이상의 풍부함이 있어야만 한다. 하지만 『붉은 밤의 도시들』(윌리암 버로우즈 지음, 박인찬 옮김, 문학동네, 2014)과 같은 다성성을 추구하느라 손님들을 과도하게 고생시키고 싶진 않다. 그리고 개인적으로는, 내적 논리의 밀도를 높임으로써 귀류법을 통해 '정합적이지 않은' 해석들을 확정적으로 배제할 수 있는 글을 만들고 싶다(이건 내 글에 유일한 정답이 존재한다는 의미가 아니다. 단지 모든 해석이 옳다는 식의 무조건적인 상대주의를 피하고 싶을 뿐……). 기타 등등.

이런 고려의 산물은 내 소설들을 미묘하게 명징한 테마파크로 만들어놓곤 한다. 이 테마파크에는 쭉

뻗은 길이 있으므로, 그 길을 따라 걷기만 하면 모든 어트랙션을 즐길 수 있다. 또한 관람차를 탄 사람들은 하늘에서 테마파크를 내려다봄으로써, 굽이굽이 이어지는 길들을 모두 이어보면 마스코트 캐릭터의 형상이 나타난다는 사실을 깨닫게 된다. 물론 관람차를 타고 꼭대기까지 갈 의무는 없다. 가령 『인버스』는 하이퍼리얼리즘 금융투자 소설을 표방하고, 금융자본주의의 전 지구적 연결과 개인의 삶이라는 테마 또한 곧바로 확인할 수 있지만, 그 뼈대는 맘몬의 권세와 원죄에 대한 신학적 관념소설에 가깝다. 그리고 뒤의 둘을 배제하더라도, 가장 처음의 내러티브만으로도 소설적 기능이 성립한다. 여기까지는 그럭저럭 좋은 일인 것 같고, 절대다수의 소설가들이 하는 일이다. 미묘함은 어디서 발생하냐면…… 테마파크의 마스코트 캐릭터가 종종 조셉 자스트로의 토끼-오리처럼 작동한다는 사실로부터 온다.

어떤 이야기는 토끼가 있어야 할 자리에 오리가 등장하면 완전히 다른 의미를 지니게 된다.

예컨대 『다이브』(창비, 2022)는 슬픔을 기억하는 일과, 존중과, 극복을 이야기하는 기후위기 디스토피아 청소년소설이다. 배경은 해수면 상승으로 수몰된 서울이며, 그곳에서 살아가는 사람들은 과거의 고통을 마주봄으로써 현재의 관계를 재발견한다. 관람차를 탄 관람객들은 거기에서 모범적인 타자 윤리 계열의 테마를 읽고, 내린 다음, 만족한 상태로 테마파크 바깥으로 걸어나간다. 그러나 어떤 관람객들은 관람차 밖으로 몸을 내밂으로써 완전히 다른 것을 본다. 바로 해수면 상승에 따른 서울 수몰을 '현대 제도와 기술문명에 의한 비인간화 경향 및 소외가 종결되고 원시성과 정신성이 복원되는 메시아적 구원의 순간'으로, 수몰된 서울을 원시주의적 헤테로토피아로 읽을 수 있다는 가능성이다(즉, 관건 중 하나는 기술문명의 해체로 인한 생활 수준의 쇠퇴를 긍정적으로 바라볼 수 있느냐 하는 것이다). 실제로 작중에서는 죽음과 재생과 회복의 모티프들이 반복되며……

음?

마찬가지로 관람차 꼭대기에서 내려다본 『세계는 이렇게 바뀐다』는 자유주의 세계의 윤리를 합당한 것으로 전제한 뒤, 그 렌즈를 통해 현시대의 문제상황을 파악하고 톱니바퀴를 짜 맞추는 글이다. 이건 어떻게 보면 "규범적 요소가 사실적 요소로 환원되는 과정에서 가치판단은 봉쇄되"고, "사후적인 윤리적 논의만을 전개하는 (……) 윤리학적 답정너"*에 불과하다. 실제로 작중에서는 에우튀프론 문제 등을 해명하지 않거니와 반대 측의 입장도 거의 무시하고 있다. 또한 객관적 취재의 환상에 힘입어 자명하게 설정된 것들은 사실 작가의 자의에 의해 선별된 것이다—하지만 윤리학적으로 답정너를 하지 않는다면 어떻게 통치할 것인가? 『니코마코스 윤리학』은 『정치학』으로 가는 통로가 아니었던가?

이 질문을 디딜판 삼아 관람차 바깥으로 고개를 슬쩍 내밀어보자. 거기에는 자유주의 세계가 표방하는 현대적 윤리와 자본주의-자유주의 통치 질서가, 두 갈래의 추상적인 교환가치들**을 매개 삼아 본격적으로 결합하고 충돌하는 풍경이 있다. 대심문관처럼 행하는 예수와, 예수 흉내를 내는 대심문관의 마주침. 그 무

* 홍미르, 「To be, or not to be」, 문장 웹진 2024 6월호.

** 이 시대에, 다양한 효용은 교환가치의 논리를 통해 추상화된다. 그러나 정의는 추상화되지도 거래 관계로 환원되지도 않는 것이다. 해당 소설의 세계는 '(특정한 윤리관하에) 악인을 일정 확률로 지옥에 보내는 수레바퀴'를 도구 삼아, 후자에 추상화의 역능을 부여하고 있다. 계량화된 지옥의 가능성은, 물신으로서의 돈과 조응하되 대조를 이루는 또 하나의 신이다—비유하자면, 포르투나(Fortuna)와 펠리시타스(Felicitas)의 관계처럼. 두 신은 충돌하거나 손잡는다.

대는 전 지구화된 기술-시장이자 팔십억 인구의 인격적인 연결망이고, 결과는 전 인류의 느릿느릿한 죽음이다. 즉 '윤리학적 답정너'라 부를 만한 자의적인 선별은 다음과 같은 관점을 위한 포석이다. 자유주의 세계가 양두구육을 멈추고 그것이 내세우는 가치와 윤리적 정식 들에 실질적인 힘을 부여하면 이렇게 된다. 우리 세계가 아직 이렇게까지 되지 않은 이유는 양두구육의 위선과 그것이 가져오는 풍요에 만족하기 때문이다. 한편 양의 머리를 걸어놓기만 하면 개고기가 팔린다는 사실로 인해 양 머리는 양고기 자체를 팔지 않을 구실이 되어버리는데(정확히 말하면, 그것들은 이 체제에 대한 불신을 유예시킴으로써 현 상태의 유지에 기여하는 듯 보인다—이 아이러니는 카테콘 개념을 연상시키기도 한다), 그 점에서 '결단이 필요한 문제를 과연 현 체제의 힘으로 해결할 수 있을까' 하는 조소 섞인 회의론이……

흠?

하여간 읽는 방향에 따라 『세계는 이렇게 바뀐다』가 이야기하는 바는 상당수 역전된다. 현대적 질서에 대한 긍정을 전제로 그 안에서의 개선을 촉구하는 태도와, 해당 윤리가 양두구육의 구실이며 자유주의 세계의 구성요소들이 실상 이율배반이라는 판단은 궤가 다르므로. 해당 책의 후기에 "작중의 정치적 표현은 작가 개인과 관련이 없다"라고 명시한 이유가 여기에 있다. 그건 그냥 우리 세계의 작동 원리를 아이러니한 방향으로 극화시켜 놓은 결과물이고, 두 방향으로 동시에 읽을 수 있도록 쓰인 글이다.

물론 소설이 건네는 선택지는 상당 부분 작가의 의지하에서 구성되므로, 상관이 있다는 반론도 가능하다(전자를 전적으로 신뢰하는 사람이라면 후자를 그런 식으로 구현하지는 않을 테니). 다만 변명을 덧붙이자면, 개인으로서의 나는 사실상 두 갈래로 나뉜 상태로 그 글을 썼다. 더 나은 세상을 상상하는 것과 강경한 종말론자가 되는 것은 정말로 한 꺼풀 차이인 듯 느껴진다(그 모두가 현 체제 바깥에 있기는 마찬가지이기 때문이다). 그렇다 보니 두 종류의 마음을 조금씩 만족시키고 조금씩 실망시키는 형세로 소설이 완성되었는데, 지금도 그걸 쓰는 입장에서 제어할 수 있었으리라는 생각은 들지 않는다. 올바르게 완성된 글은 언제나 글쓴이의 의지를 떨쳐내고 한 발짝 더 나아가기 때문이다.

또한 직업인으로서의 나는, 오른쪽에서 보면 토

끼고 왼쪽에서 보면 오리인 무언가를 테마파크 방문객에게 나눠주는 일이 즐겁다. 그들이 각자의 정답을(혹은 모든 정답을) 발견하고 즐거워하는 것도 좋다. 내 글쓰기는 무엇보다도 서커스 구경과 그림자놀이와 퍼즐 맞추기를 위한 글쓰기고, 즐거움을 위한 글쓰기다. 그래서 테마파크의 방문객들이 이왕이면 모든 어트랙션을 한 번씩 타보고, 그 후에는 대관람차의 꼭대기에서 몸을 내밀어봤으면 하는 소망이 있다. 뷔페의 어떤 음식도 버려지지 않기를 바라는 요리사처럼…….

(물론 그 뷔페에는 두리안이 정식 메뉴로 편성되어 있다. 두리안을 잘못 먹고 뷔페를 악평하는 손님들에게는, 미안하다. 그래서 나는 작가의 말에서 얄궂은 메뉴들을 언급하지 않는 편이다. 찾아볼 사람들만 찾아보도록. 하지만 두리안도 먹어보면 맛있다. 이 에세이에서는 아마도 처음으로 두리안 이야기를 하고 있다.)

에세이 자체에 대하여

아무튼 나는 인간이 좋고, 윤리와 정치와 기술과 경제(그중에서는 계급보다는 화폐와 금융과 시장)가 좋고,

사람들이 마주치며 발생하는 관계들이 좋고, 이 사회가 작동하는 방식이 좋다.

사람들이 즐거워하는 것, 행복해지는 것, 재미있는 일이 일어나는 것도 좋다.

예술들, 특히 키케로가 가장 중요하다고 분류했던 예술들은 나를 언제나 즐겁게 만든다.

그래서 거기에 기여하고 싶다고 항상 생각한다.

이 세상의 비참이 옛이야기로 변하고 모두가 연합할 수 있기를…….

물론 이런 규모의 평안을 꿈꾸는 것은 종교적인 몽상이고, 예수가 없는 세계에서는 대심문관을 따라야 하는 법이다. 비참을 마술적으로 일소할 방법은 없지만 세계를 무너뜨릴 역능과 세계를 지탱할 역능은 본질적으로 동일하다는 믿음. 얼마 전 2020년대 한국의 교육 현실에 관한 르포를 썼으며 내년 중으로 한 권을 더 쓸 예정인데, 이 책은 내가 대심문관에게 바치는 상소문이다. 앞으로도 계속 유용한 상소문을 쓰고 싶다. 재미있는 소설과 함께(물론 이건 내가 소설을 르포에 비해 얕잡아보거나, 소설로는 덜 중요한 이야기만 한다는 뜻이 아니다. 구체적인 개별과 추상적인 보편에 대한 구분이라고 해두자).

하지만 이런저런 말들과 별개로 에세이를 써야 할 때면 무척이나 조심스럽다. 자기인식과 타인의 인식이 상이할 가능성, 신념과 행동이 상반될 가능성 때문이다. 가령 루소가 자신의 다섯 아이를 보육원에 버렸다는 사실을 떠올리면 『에밀』은 금방 우스워진다. 나는 대체로 좋음을 추구하는 동시에(좋음의 추구에 대한 세목은 생략한다) 현실의 복잡성을 인지함으로써 교조주의적인 오류를 피하려 노력한다고 말하고 싶지만, 그런 판단은 말하는 사람 자신이 아니라 타인에 의해 이루어져야 하는 것이다.

격물지치 성의정심 수신제가 치국평천하의 각 단계가 있다고 했을 때, 타인은 세 번째 단계에서야 비로소 그 사람을 알아본다. 격물지치 성의정심 하더라도 수신제가가 안 되면 큰 의미가 없는 셈이다. 그리고 사실 내 현실에서의 행동 규칙을 이루는 것은 거창한 이론보다는 십대 시절에 거의 주입당하다시피 배운 몇몇 강령들이다. '시련은 있어도 실패는 없다' '(입말을 빌리자면) 오사마리를 잘 지어야 하고, 책임 못 질 일이라면 시작을 하지 말아야 한다' '(입말을 빌리자면) 대마이와 기마이가 있어야 한다' '할 수 있다 정신으로 하면 된다' '잘

못하면 일단 죄송할 준비를 해야 한다. 사정 설명은 그 다음이다'……. 그리고 『만화 임꺽정』(이두호 지음, 바다출판사, 2017)에 등장하는 구공 스님이 이런 내용의 대사를 읊었는데(정확하지는 않다), "입 다문다고 아무도 모르긴 누가 몰라! 하늘이 알고 땅이 알고 네가 알고 내가 아는 것을"이었던가…….

나는 타인에게 이런 태도를 강요하지 않지만(각자에게는 각자의 방식과 기질이 있다), 그럼에도 불구하고 그 말들이 사람으로 하여금 나약함이나 무책임을 물리칠 심지를 만들어준다고 믿는다. 어릴 때는 그 말들이 무슨 뜻인지 몰랐던 까닭에 종종 일을 엉망진창으로 만들었고, 지금은 대강 알게 되었지만 아직 많이 어렵다. 책임과 판단을 동시에 요구하는 문제, 신중함과 행동 사이에서 균형을 잡아야 하는 문제에 대해서는 특히. 그래서 가끔은 매 순간을 살아감으로 인해 죄가 쌓인다는 느낌이 든다. 나는 확실히 부족함이 유별나게 많은 사람이다. 그런 까닭에 더더욱, 완성을 자신하기보다는 부단한 어려움을 마주하는 것이 올바른 태도라 여긴다.

해설

유행하는 허구들과 전복의 (불)가능성

— 이성민(문학평론가)

우리는 종종 인간의 조건이 세 차원으로 분절되어 있다고 믿는다.* 가장 먼저 실재의 차원이 있으며, 이 영역은 자연과학의 법칙들이 빈틈없이 지배하기에 자유와 주체가 사라진다. 다음으로 오는 권력의 차원은 우리 삶의 현사실적 토대를 이루나 동시에 우리가 세계를 변화시킬 수도 있다는 믿음의 조건이 된다. 가장 마지막 차원인 담론 영역에서는 순수사유의 형식이 세계

* 근대성이 전제하는 삼중 구조에 대한 비판적 접근은 브뤼노 라투르, 『우리는 결코 근대인이었던 적이 없다』, 홍철기 옮김, 도서출판 갈무리, 2009 참조.

를 능가하게 되며, 따라서 우리가 믿는 것은 무엇이든 합의된 허구에 불과해진다. 우리는 의미의 연결망을 따라 이 세 층위가 실제로는 어떻게 관련을 맺는지, 다시 말해 현실은 왜 분절된 것이 아니라 실재-권력-담론의 결합체인지를 논할 수도 있을 것이다. 그러나 이 자리에서는 조금 다른 관점으로 삶의 분절들을 조망하는 시야를 취하고자 한다. 실재-권력-담론 결합체는 허구이자 동시에 실재이며, 삶의 현사실적 조건들이 아무리 우리를 촘촘히 에워싸고 있다 할지라도 그 허구성은 제거될 수 없다는 관점 말이다.

단요의 세 단편소설—「한 개의 머리가 있는 방」「제발!」「Called or Uncalled」는 저마다 다른 스타일과 테마를 취하지만 하나의 공통된 테제를 공유한다. 우리가 사는 세계란 사실 애처로울 만큼 위태로운 허구이며, 이 허구 위에 자리 잡은 실재들 역시 신기루처럼 사라질 수 있다는 테제를. 일반적으로 우리는 취약성을 한 주체의 실존에 결부된 문제로 이해하지만, 단요의 소설에서는 세계 그 자체가 지속가능성의 심판대 앞에 선다. 그리고 이런 심판의 가능성이 반드시 허구적인 것만은 아니다. 인류는 최소한 핵무기가 개발된 이후로, 세계의 불멸성이 영영 소실되어버린 대지를 살아가는 중이라 말해야만 한다. 인간이 형성한 자연-사회는 이따금 믿을 수 없을 만큼 취약하게 느껴지며, 심판의 날에 대한 상상은 역사상 가장 선명한 형태로 이루어지고 있다. 그러므로 단요의 소설들이 세계를 위태로움의 심급 앞에 소환하는 것은 분명히 시의적절하며, 과도하지 않다.

먼저 「한 개의 머리가 있는 방」은 사적 개입의 거짓 긴박성과 믿음의 환영이라는 두 축이 결부되어 있는 단편이다. 거짓 긴박성이란 관점에서 보았을 때 소설은 모든 종류의 기만적인 선의들, 즉 자매결연이나 기부 제도 등에 얽힌 한계와 취약함을 드러낸다. 개인적 선의는 권장될 만하며 세계를 견딜 만한 공간으로 유지시키긴 하나, 결국에는 거짓된 긴박성에—내 작은 선의가 없다면 누군가의 세계 전체가 위태로워진다는 만족감에—의존한다는 점에서 기만적이다. 실제로 우리는 다른 누군가의 삶을 쉽게 감당할 수 없을 뿐만 아니라 세계를 긴박한 위협으로부터 구원하지도 못한다. 자선 프로그램들은 기껏해야 제3세계의 인구를 '적절한' 수준으로 유지시킴으로써 국제자본주의가 소모하는 자원을 '지속가능성'의 테두리 내에 위치시킬 뿐이다. 주인공 건록이 부모 없는 소년 목향에게 베푸는 호의가 목향의 삶을 실제로 더 낫게 하진 못하는 것처럼 말이다. 건록의 호의가 아무리 진정성 있는 것일지라도 결국 건록은 "끔찍한 놈"(9쪽)에 불과하며 그가 구원할 수 있는 사람은 존재하지 않는다.

한편 목향의 입장에서 보았을 때 소설의 테마는 믿음에 결부된 환영이란 문제가 된다. 우리가 형성하는 믿음은 자신이 속한 사회문화적 배경으로부터 자유롭지 않으며, 무언가를 '감각되는 그대로' 믿는 것은 사실 불가능하다. 개인의 믿음은 실재-권력-담론 결합체의 삼각 운동 속에서 변증법적으로 형성되는데, 조금 더 고전적인 도식하에서 본다면 이것은 개인과 공동체 그리고 공동체와 문화가 맺는 삼자관계와 유사하다. 목향이 듣는 목소리는 하느님의 음성일 수도 있으며, 머리만 남은 기업 총수 건록의 개입일 수도 있고, 아니라면 그저 전두엽의 오류가 만들어내는 조현적 환각에 불과할 수도 있다. 이 설명들 중 어느 것이 가장 그럴듯하냐 하는 문제는 각 개인이 속한 맥락에 따라 달라질 것이다. 우리가 머릿속에서 들려오는 음성을 어떻게 해석

하느냐 하는 것은 기술의 한계 및 시대의 인식틀에 강하게 결부되어 있기에, 사회문화적 맥락으로부터 완전히 박리된 해석이란 원론적으로 가능하지 않다.

현실에서 어떤 믿음, 예컨대 재벌 총수가 자신을 조종하는 칩을 심어두었다는 믿음은 종종 어처구니없게 느껴진다. 과거로 시선을 돌려본다면 음모론적인 믿음이 실질적인 파국을 낳은 경우도 적지 않다. “너희는 주술쟁이 여자를 살려두어서는 안 된다”(「탈출기」 22장 17절)라는 구절을 문자적으로 해석한 결과 일어난, 근세기의 마녀사냥이나 세일럼 마녀재판 따위는 우리에게 너무나 비이성적인 야만처럼 느껴지지 않는가? 그러나 현대인이 공유하는 일부 믿음 역시 사후적인 평가에 따르면 어처구니없는 오류가 될 것이다. 지금 우리가 자명한 사실로 전제하는 과학 이론이나 수학적 공리 들마저 먼 미래에는 오류였음이 밝혀질 수 있다.

그렇다면 우리가 적합한 분별력을 지닌 채 더 ‘현실적인’ 허구와 현실에서는 작동하지 않는 허구를 구별한다는 것은 가능할까? 모든 허구가 그런 것처럼 현실 또한 근본적으로 위태로운 환영이며 미래에는 우리가 믿는 모든 ‘자연스러운’ 진실이 현실에서 부정당하게 될까?

다음 소설을 살펴보는 것으로 이상의 질문에 대한 실마리를 구해나가 보자. 두 번째 작품인 「제발!」은 SF적으로 변주된 고딕호러 장르의 단편이다. 영락해가는 가문의 일대기, 인간의 이해를 넘어선 초자연적 존재들, 초월과 마주한 뒤 애써 그것을 망각하려는 주인공 등, 많은 면에서 이 소설은 모범적인 고딕호러 장르에 속하지만 SF의 외피 때문에 꽤나 다른 분위기를 형성한다. 여기서 가문은 영국 장원이나 미국 남부가 아닌 모호한 근미래 세계에 위치하며, (초)자연적 존재들은 '별의 인내자'들이고, 초월은 과학자가 되어 별을 향한 여정에 합류하는 것이다. 고딕호러에서 지역색과 초자연성을 상당 부분 제거한 결과 특유의 으스스한 분위기는 사라지고, 대신 질식할 것처럼 무거운 합리주의의 지배가 남는다. 따라서 SF적 변주가 고딕호러에 주는 효과는 이해 불가능성의 공포를 이해 가능성의 공포로 전환하는 것이다. 우리가 자연의 진리들을 충분하게 인식하고 있음에도 자연의 무자비하고 파괴적인 본질에는 세계 자체를 불태울 힘이 내재되어 있으며, 그것은 핵미사일이거나 허리케인이거나 혹은 "중력자탄"의 형태로 표상된다.

인간이 인간에 대한 지배력을 획득하기 위해 사용하는 수단들, 혹은 그 반대로 자연을 조작하기 위해 쓰는 수단들은 역설적으로 자연에서 빌려오는 것이다. 인간의 제작 능력은 무로부터 유의 창조가 아닌 유로부터 유의 창조, 즉 자연에 이미 존재하는 힘들로부터 자연을 지배하는 힘을 이끌어내는 능력이다.* 그러나 지배된 자연의 힘조차 인간의 신체적 현존에 비하면 너무나 강력하며, 우리의 몸은 그 막대한 힘의 투사 앞에서 모래성처럼 쉽게 허물어진다. 그런데 만약 이 '자연의 힘'을 우주적인 단위로 다룰 수 있는 문명이 있다면, 이번에는 인간이 살아가는 세계 자체가 우리의 신체적 현존과 같아질 것이다. 이런 문명의 그림자 아래 "땅의 질서"는 "어떻게 굴러가든 신경 안"(70쪽) 써도 되는 사소한 사건들로 격하된다. 역사의 고유성과 개별성 역시 해변의 모래알이 파도에 쓸리는 것만큼이나 우연적인 계기로 격하되고 만다.

* 인간의 제작 능력에 내재한 힘과 그 한계에 대해서는 한나 아렌트, 『인간의 조건』, 이진우 옮김, 한길사, 2019, 232~238쪽 참조.

그렇다면 「제발!」은 일종의 교훈적인 소설인 걸까? 우리가 진실이라 믿는 세계체제란 모두 백일몽에 불과하다는 급진적 메시지를 담아내고 있는 걸까? 그렇지 않다. 단요의 소설들은 얼핏 무세계성을 지향하는 것처럼 보이지만 실은 착실한 세계성 위에 기대어 있다. 전혀 다른 지구에서 일어나는 이야기처럼 보이는 「제발!」은 마술적리얼리즘의 계기들을 간직하고 있으며, 그것은 마술적인 방식으로 또 알레고리의 형식으로 세계에 대한 진실을 드러낸다. 주인공이 떠나오는 '연방'은—비록 완전히 대응되진 않을지라도—현실의 제2세계 국가들을 떠올리게끔 하고, '별의 인내자' 본부가 다른 어디가 아닌 미래의 브루클린에 위치한다는 설정은 몹시 의미심장하다.

"구시대의 인간종을 좀 남겨놔야 전 우주적 생태 다양성이 보존"(70쪽)된다는 대사에서도 어떤 암시를 읽어낼 수 있다. 이는 분명히 우리 세계의 질서, 즉 다양성이 지배 이데올로기를 위한 봉사의 도구가 되는 제국의 질서를 떠올리게끔 한다. 비밀스럽기 때문이 아니라 너무 많이 공개되어 있기 때문에 역설적으로 형성되는 통치의 비밀arcana imperii, 그 비밀 아래 형성된 초

인격적 세계체제가 구축하는 착취의 구조, 소비의 신전이 된 미국과 다양성의 명목 아래 전 세계의 인적자본을 흡수하는 제국. 이 모든 풍경은 우리의 세계 속에서 현실로 드러나고 있는 사태들이다.

그러므로 「제발!」은 현대의 세계체제가 언제든지 끝장날 수 있는 허구임을 암시하면서도, 허구는 허구인 채로 동시에 실재가 되어 우리를 지배할 수 있음을 보여준다. 실재-권력-담론은 유기적으로 결합해 있기에 어떤 허구들은 분명히 권력과 실재에 봉사할 수 있다. 여기서는 다음 작품 「Called or Uncalled」를 경유해 이 위태로운 결합과 비결합, 다시 말해 어떻게 어떤 허구는 실재와 권력의 보충물이 되며 다른 허구는 그러지 못하는지를 논해볼 것이다.

고전적인 고딕호러의 틀에 현대적인 변주를 준 스타일이 「제발!」의 개성이었다면, 반대로 「Called or Uncalled」는 보다 거칠게 몰아붙이는 호흡의 문체를 구사한다. "영화 속의 기관차처럼 종종 감상자들을 향해 돌진해 오는 것 같은"* 이 소설은, 정신병리적 몽상을

* 테오도어 아도르노, 『미학 이론』, 홍승용 옮김, 문학과지성사, 1997, 30쪽.

폭발하는 언어들의 힘과 효과적으로 결합시킨다. 서술은 도약적이지만 그 도약과 도약 사이에는 시적 논리가 존재하며, 이 논리의 중심축에 의해 파편화된 언어들이 나름대로 벡터를 형성하게 된다. 논리뿐만 아니라 이미지 역시 하나의 중심축에 그러모은 패스티시로 집약되는데, 초현실적인 풍경 묘사 아래에는 검은색의 이미지가, 즉 검은 꽃과 검은 머리의 소녀와 "화단의 검은 꽃처럼 아름다"(113쪽)웠던 누나의 모습이 토대를 이룬다. 그렇다면 병적인 망상이 종종 현실을 압도하는 듯하는 이 소설에서 하나의 테마를 추출하는 것은 가능할까?

아이러니한 점은, 도약적인 문체와 호흡에도 불구하고 이 소설의 테마가 꽤나 고전적으로 해석될 수 있다는 것이다. 검은색을 죽음의 상징으로 받아들이는 일반화된 해석을 채택할 경우, 우리는 소설이 전체적으로 죽음과 재생에 대해 말하고 있다는 것을 알 수 있다. 감금과 해방, 잠과 깨어남, 지하실로 내려가는 것과 지상으로 돌아오는 것, 검은색 망상들과 환한 빛의 현실. 만약 낭만주의의 어법을 따라 비극적인 것의 의미를 유한성의 소멸과 영원한 순간의 출현으로 이해한다면, 소설은—예컨대 『파우스트』가 그런 것처럼—한 편의 모범적인 비극으로 독해된다. 그러나 여기서의 파격은 바로 그렇게 얻어낸 재생-현실이 곧바로 파괴될 수 있는 또 하나의 망상이란 점을 직시한다는 것이다. 현실은 현실이지만 동시에 가장 널리 채택되고 있는 망상이기도 하다.

"미친놈 소리를 듣지 않으려면 시류와 부합하는 망상을 택해야 한다"(101쪽)라는 구절이 이 관점을 직접적으로 나타낸다. 요컨대 인기 있는 허구란 많은 사람이 좋아하기에 널리 소구될 수 있는 담론이며, 이때 유행의 기준은 대부분 실재성보다는 그 허구가 지닌 매력에 놓이게 된다. 군산복합체 트러스트가 막후에서 세계체제를 장악하는 중이란 음모론은 매력적이기에 유행하나, 파리가 지구 정복을 위해 파견된 외계 문명의 바이오로봇이라는 가설은 그다지 매력적이지 않다. 한편 가장 많은 인기를 얻는 허구들, 다시 말해 과학이나 자본주의나 아이돌 등은 현대인에게 가장 매력적인 허구기도 하며, 이들에게 바쳐지는 숭배는 합리적이라기보다는 종교적이다. 그러나 그 '매력'을 결정하는 요인에는 다분히 실재성이나 권력의 선호가 반영되지 않던가?

과학은 실재적으로 가장 성공한 이론 체계이기

때문에 매력적이다. 한편 아이돌이나 자본주의에 대한 선호는 구체적인 권력의 배치/장치 속에서 교육되지 않는다면 나타날 수 없다. 증권거래소와 마천루, 연예기획사와 TV가 없다면 특정 허구들의 매력도 함께 소실될 것이다. 하지만 실재/권력과 허구가 맺는 관계는 중층적이며, 특정한 허구에 의해 지탱되지 않는다면 실재나 권력에 대한 믿음도 곧 소실된다. 예컨대 주식 자체는 데이터 조각일 뿐이며 아무런 가치도 담보하지 않지만, 모든 주식이 일시에 소각된다면 수많은 상장사의 사옥이나 설비 같은 실재 또한 의미를 잃을 것이다. 그리고 영업권이나 특허권을 비롯한 여러 권리의 행사도 허구적 보충물이 사라진 상태에서는 가능하지 않다. 이처럼 가장 유행하는 허구란, 그러니까 권력의 보충물이 될 수 있는 허구란 이데올로기적 국가기구를 비롯한 배치/장치들에 의해 교육되며, 일종의 '상상된 공동체'인 전 지구적 자본주의에 의해 채택될 수 있는 허구들로 보인다.

이상의 논평으로부터 하나의 질문이 출현한다. 만약에 어떤 실재나 권력이 오로지 허구에 의해서만 지탱될 수 있는 게 현실이라면, 우리는 각자의 대안문화를 만들어내는 것으로 실재와 권력에 대한 전복을 꿈꿀 수 있지 않을까? 담론을 통해 상징계의 질서를 교란함으로써 우리에게 더 나은 실재와 권력을 마련할 수도 있는 걸까? 이 질문은 쉽게 답하기 어려운 문제지만 한 가지 사실은 분명하다. 문학의 언어가 갖는 정치적 힘에 비해 이데올로기적 국가기구의 작동은 언제나 더 강력하며, '감각의 재분배'로써 문학이 기능할 수 있더라도 전복은 쉽지 않다는 사실 말이다. 또 한편으로는 전복의 가능성이 긍정될 때조차 여전히 어떤 세계가 더 '나은' 세계인지에 대한 의문이 남는다. 우리가 자신의 의지를 세계에 투영하려는 원초적인 욕망 이전에, 진정으로 더 나은 세계를 상상하고 그러한 세계를 위한 허구에 헌신한다는 것은 가능할까?

이 짧은 지면에서 문학의 근본적 테제들에 대해 합당한 변론을 제시할 순 없다. 그 대신 나는 소설 속의 언어를 거쳐 잠정적인 태도를 이끌어내는 것으로 글을 마치고자 한다. 우리의 세계가 "망가진 세계"임이 진실이라면, 혹은 최소한 일부라도 망가져 있음을 인정해야 한다면, 우리는 그것을 도대체 "어디까지 재건할 수 있을까?"(153쪽)

이 질문에서 문제는 언제나 시간과 자원이 한정되어 있다는 점이다. 「Called or Uncalled」의 주인공이 말한 대로, 우리에게 주어진 시간은 짧다. 장기적으로 우리 모두는 죽기에, 우리가 죽기 전에 의미 있다고 믿는 일을 행해야만 한다. 그리고 나는 단요의 소설들이 세계의 위태로움을 직시하는 일에 대한, 현재 너머를 상상하는 일에 대한 의미 있는 설득이라고 믿는다. 이 설득은 분명히, 예술가가 지금 여기에서 우리 공동체와 세계를 위해 긴급히 수행할 수 있는 작업이기도 할 것이다.

트리플 26

한 개의 머리가 있는 방

초판 1쇄 인쇄일 2024년 8월 1일
초판 1쇄 발행일 2024년 8월 30일

지은이 · 단요

펴낸이 · 정은영
편집 · 전유진 최찬미 방지민
디자인 · 이선희
마케팅 · 최금순 이언영 연병선 윤선애
제작 · 홍동근
펴낸곳 · (주)자음과모음
출판등록 · 2001년 11월 28일
제2001-000259호
주소 · 경기도 파주시 회동길 325-20
전화 · 편집부 02) 324-2347
경영지원부 02) 325-6047
팩스 · 편집부 02) 324-2348
경영지원부 02) 2648-1311
이메일 · munhak@jamobook.com

잘못된 책은 교환해드립니다.
저자와의 협의하에 인지는 붙이지 않습니다.

ISBN 978-89-544-5140-6 (04810)
978-89-544-4632-7 (세트)